RACHEL LEIGH

NOVATO IMPLACÁVEL

Traduzido por Carol Dias

1ª Edição

2023

Direção Editorial: **Revisão Final:**
Anastacia Cabo Equipe The Gift Box
Preparação de texto: **Adaptação de capa:**
Carla Dantas Bianca Santana
Tradução e diagramação: Carol Dias

Copyright © Rachel Leigh e Cocky Hero Club, Inc., 2021
Copyright © The Gift Box, 2023
Capa cedida pela autora.

Todos os direitos reservados.
Nenhuma parte do conteúdo desse livro poderá ser reproduzida em qualquer meio ou forma – impresso, digital, áudio ou visual – sem a expressa autorização da editora sob penas criminais e ações civis.
Esta é uma obra de ficção. Nomes, personagens, lugares e acontecimentos descritos são produtos da imaginação da autora. Qualquer semelhança com nomes, datas ou acontecimentos reais é mera coincidência.

Este livro segue as regras da Nova Ortografia da Língua Portuguesa.

CIP-BRASIL. CATALOGAÇÃO NA PUBLICAÇÃO
SINDICATO NACIONAL DOS EDITORES DE LIVROS, RJ
Gabriela Faray Ferreira Lopes - Bibliotecária - CRB-7/6643

L539n

Leigh, Rachel
    Novato implacável / Rachel Leigh ; tradução Carol Dias. - 1. ed. - Rio de Janeiro : The Gift Box, 2023.
    128 p.

    Tradução de: Ruthless rookie
    ISBN 978-65-5636-287-8

    1. Romance americano. I. Dias, Carol. II. Título.

23-85219   CDD: 813
               CDU: 82-31(73)

NOTA PARA OS LEITORES

Este livro faz parte da série Cocky Hero Club, com livros escritos por diversos autores, e foi inspirado em "Milionário Arrogante", de Vi Keeland e Penelope Ward. Contudo, é uma história independente que pode ser lida separadamente.

CAPÍTULO UM

MIRA

Depois de um voo de onze horas da França para a Califórnia, que incluiu uma soneca e uma dor de cabeça enorme, finalmente pousamos na pista particular do meu pai nos arredores de Santa Monica. Quando chega a hora de desembarcar, vasculho minha bolsa em busca do meu celular para ligar e avisar ao meu pai que cheguei. Uma vez que encontro, digito o nome dele e toca, toca, toca até que vai para o correio de voz. Termino a ligação, sem deixar recado.

Jogo a alça da bolsa Louis Vuitton enorme sobre o ombro e me levanto, sentindo-me um pouco tonta por causa da aterrissagem. Eu viajo em aviões — jatos particulares, na verdade — desde que nasci, mas, por algum motivo, ainda fico enjoada durante a decolagem e aterrissagem. Minha mãe disse que até os seis anos eu vomitava na decolagem. Ainda bem que superei isso.

— Chegamos, senhorita Glasson — Henry, o piloto do meu pai, anuncia pelo interfone. — Julian irá escoltar seus pertences com segurança para Glasson Manor.

Saio pela porta e dou os primeiros passos para a escada, mas tenho que me conter.

— Você está bem, senhorita? — Julian pergunta do final da escada.

— Sim. Só um pouco tonta. Isso é o que ganho por pular o serviço de almoço oferecido no voo.

— Sim. Você precisa comer. Coloque um pouco de carne nesses ossos — Julian brinca.

Eu sorrio, quando o que realmente quero fazer é expressar quão rude é comentar sobre o peso de uma mulher, não importa qual seja sua estrutura física. Mesmo que ele esteja certo e eu possa ganhar alguns quilos. Este último ano foi de reflexão e autodescoberta e, no processo, meus hábitos alimentares foram esporádicos. Na maioria dos dias, pulava o café da manhã e ia direto para o estúdio. Algumas noites, pulava o jantar e ia direto para a cama.

— Vou manter isso em mente — digo a ele, revirando os olhos.

Julian oferece a mão para me ajudar a descer os últimos degraus e, assim que meus pés tocam o chão, respiro profundamente o ar fresco de Santa Monica.

— Ahh, é bom estar em casa, Julian.

— Estou feliz em ouvir isso. Seus pais ficarão felizes em vê-la, assim que retornarem do período sabático.

Coloco meus óculos de sol e caminho em direção ao carro que me espera para me levar para a casa da minha infância. Julian pega minha bolsa e caminha a passos lentos ao meu lado.

— Um merecido ano sabático — eu o lembro.

Stewart, o motorista que trabalha para minha família, abre a porta e, quando entro, Julian me entrega minha bolsa.

— Aproveite a sua estadia, senhorita Glasson.

— Aproveitarei, obrigada. — Stewart fecha a porta e tiro meus óculos escuros; em seguida, puxo o telefone do bolso para tentar falar com meu pai mais uma vez antes de chegar em casa. Quando ele não atende, mais uma vez, encerro a ligação e coloco na bolsa.

Um ano longe e estou voltando para uma casa vazia. Meus pais estão de férias no Taiti. Lance provavelmente está em casa com sua esposa, não que eles se importem muito com a minha chegada. Ainda tenho um amigo, Robby, que está em um relacionamento sério, o que significa estar praticamente casado.

A realidade me dá um tapa na cara — mesmo em casa, ainda estou sozinha.

Recuso-me a deixar minha mente ir para lá. Para o lugar onde sinto pena de mim mesma. Esta é a *minha* vida e *eu* estou no controle.

— Stewart — chamo a atenção do motorista. — Você poderia, por favor, me deixar no Tito's? Vou pedir uma carona quando estiver pronta para voltar para casa.

— Tem certeza, Senhor Glasson? Você viajou bastante hoje.

— Não precisa se preocupar, Stewart. — Estou ciente de que minha longa viagem não é a razão pela qual Stewart está preocupado. Ele é um dos nossos motoristas desde que eu era criança. Conhece meu passado e também sabe o quanto meu pai lutou para manter sua vida familiar privada.

— Como quiser.

Pego meu espelho compacto, retoco meus lábios com um tom nude e

NOVATO IMPLACÁVEL

passo um pouco de pó no nariz. As bolsas sob meus olhos são aparentes, mas não pretendo levar um homem para casa esta noite.

Por capricho, decido ligar para Robby, apenas na esperança de que ele queira conversar com Tito.

— Mira Jane Glasson — ele enfatiza meu nome com entusiasmo quando atende ao primeiro toque. — Você deve estar com o número errado, porque minha amiga, Mira, não me liga mais.

— Ai, para com isso. — Gesticulo com a mão no espaço vazio na minha frente, descartando-o. — Você sabe que tenho estado insanamente ocupada. Como vai você? Como está Luke?

— Fabuloso. Nós dois estamos indo muito bem. Acabei de dar algumas voltas na piscina e pensei em jantar. Ainda está em Provença ou finalmente decidiu retornar à civilização?

— Na verdade, estou em casa. Acabei de estacionar no Tito's. A fim de jantar? Podemos conversar e você pode me informar tudo sobre Robby e Luke.

Há um momento de silêncio antes que ele responda:

— Sim. Claro que sim. Eu adoraria te ver. Pode me dar cerca de dez a quinze minutos?

— Yay — grito. — Vejo você lá.

Tito's está localizado dentro de um hotel chique, mas, quando o manobrista vem abrir minha porta, Stewart já está lá.

— Obrigada. — Sorrio de volta para ele e rapidamente percebo que está me seguindo, então paro e coloco a mão em seu ombro. — Eu vou ficar bem, Stewart.

— Tem certeza? Talvez eu devesse consultar seu pai.

— Eu vou ficar bem. Ligo em breve — anuncio, em um tom encorajador.

Ele me dá um aceno de cabeça, antes de voltar, hesitante, para o carro estacionado paralelamente em frente ao posto de manobrista.

O porteiro abre a porta para mim e eu agradeço.

É exatamente como me lembro. Aconchegante e iluminado com fios de luzes brancas ao redor de todo o lounge. Sofás de couro branco revestem as paredes. Um bar completo fica à direita com mesas no centro da sala. Os lustres de cristal mais lindos pendem livremente de todo o teto. No canto mais distante, há um espaço aberto que serve como pista de dança nos finais de semana.

Provavelmente é melhor evitar essa área. A última coisa de que preciso é atenção depois de estar de volta aos Estados Unidos por menos de uma hora.

Todos que me conhecem, sabem do meu passado. Mas estou pronta para mostrar a eles quem sou hoje. As pessoas vão fofocar, e tudo bem. Felizmente, esta não é uma cidade pequena. Consigo manter minha vida bastante privada, embora ainda tenha me exposto. Mesmo que não tenha sido totalmente minha culpa. Um ano atrás, eu não teria aceitado nenhuma culpa, mas agora, vou reivindicar uma pequena fração dela.

Há um ano, comecei um relacionamento com um homem. Um homem que era casado — o melhor amigo do meu irmão. Lance foi o padrinho do casamento de Mark e Betsy. Comprei para eles uma máquina de fazer pão de presente. Enquanto eu crescia, sempre tive uma quedinha por Mark. Ele era um pouco nerd da tecnologia, mas sempre o achei atraente. Ele não era como os caras que namorei. Em vez disso, os dois passavam os fins de semana criando videogames. Ele era extremamente inteligente e eu sabia que um dia ele daria seu nome. Rapaz, ele fez. Tinha apenas vinte anos quando seus jogos decolaram e foram vendidos em todo o mundo. Todos os anos desde então, ele alcançou mais sucesso, tornando-se um bilionário que nunca vai passar vontade de nada.

Na noite do casamento de Lance, eu tinha bebido um pouco demais. Mark e Betsy estavam tendo problemas, depois de estarem casados por apenas alguns meses. Ele me disse que tinha certeza de que se divorciariam. Uma coisa levou à outra e acordamos juntos em seu quarto de hotel. Ficamos quatro dias sem sair daquele hotel. Depois disso, nos encontrávamos sempre que tínhamos oportunidade.

Ele me disse que pediria o divórcio e que eu era a única com quem ele queria ficar. Burra, acreditei nele.

Uma noite, estávamos brincando e decidimos nos filmar transando no telhado privativo do hotel em que estávamos hospedados. Não era grande coisa, apenas um pouco divertido.

Cerca de um mês depois, nosso caso foi revelado. Mesmo que eu não soubesse que era um caso na época. A esposa dele apareceu na casa dos meus pais, onde eu estava hospedada. Ela havia encontrado o vídeo na iCloud de Mark. Eu não tinha ideia de que ele nunca realmente se separou, muito menos que ainda estavam morando juntos e levando vidas normais enquanto ele vivia outra vida comigo.

Desnecessário dizer que ela se divorciou dele e ficou com metade do dinheiro. Então, vendeu a fita para alguém que colocou um preço alto nela. Não era sobre o dinheiro para ela; era sobre fazer Mark e eu pagar pelo que fizemos.

Meu rosto estava escondido no vídeo e não tenho mais o cabelo loiro descolorido de antes. Apenas minhas costas e regiões inferiores foram mostradas na tela, mas era eu — totalmente nua em sapatos de salto alto de quinze centímetros com meu sobrenome aparecendo em todo o lugar, ao lado da manchete: "Filha de Floyd Glasson, da Glasson Waters, tem caso com bilionário, Mark Fenwick". Foi compartilhado em todos os lugares. E por todos os lugares, quero dizer *todas* as plataformas de mídia social, jornais e revistas.

A empresa e a reputação do meu pai realmente foram afetadas, tudo por culpa minha. Bem, um pouco minha culpa.

Tenho quase certeza de que Niles Tanner, filho do infame Richard Tanner, comprou o vídeo de Betsy. A Tanner Enterprises tem visto a Glasson Waters como concorrente desde que meu pai se recusou a dar minha mão em casamento a Niles. Eu nunca poderia provar que eram eles, porque a esposa de Mark se recusou a falar comigo. Fiquei obcecada em tentar provar que era a família Tanner por trás disso, então tentei falar com ela sempre que podia. Fui ao seu trabalho, à sua casa e até à casa dos seus pais. Por fim, ela pediu uma ordem de restrição contra mim. Não a culpei. Não a culpo por nada que ela fez. O que Mark e eu fizemos foi errado. Mesmo que eu presumisse que eles estavam se divorciando.

Foi quando eu fui embora. Não tive escolha. Estar aqui só causou mais desentendimento na minha família. Meu pai passou a vida inteira tentando manter sua família longe dos holofotes e, por minha causa, coloquei todos nós na frente e no centro. Meu rosto nunca foi exposto, felizmente. Ainda posso andar pelas ruas e a maioria das pessoas não tem ideia de quem eu sou. Não preciso de segurança ao meu lado, e nunca quis isso. Quero viver uma vida normal.

Na verdade, eu deveria ter ficado longe, mas não posso mais fazer isso. Meu pai precisa de mim. Esta empresa precisa de mim. E estou totalmente preparada para aceitar qualquer negatividade que seja lançada sobre mim pelo bem da minha família.

Continuo a caminho do bar, mas paro quando percebo um homem me olhando. Ele é maravilhoso. Pele bronzeada, cabelo preto azeviche e olhos que combinam. Mas não é isso que me pega desprevenida. São suas sobrancelhas pretas fofas que estão mergulhadas em um V e a carranca em seu rosto que me leva a acreditar que fiz algo para ofendê-lo.

— Posso ajudar? — pergunto, com um sorriso torto.

Ele não responde. Em vez disso, vira para o bar em seu banquinho giratório, pega o pequeno copo de líquido cor de bronze e o gira, fazendo o gelo bater no vidro.

Esquisito. Um esquisito diabolicamente bonito, mas ainda assim.

Opto por um assento na extremidade do bar, onde não estou invadindo o espaço pessoal do senhor Esquisito. Infelizmente, isso me dá uma visão panorâmica dele, que se senta diretamente na minha frente no lado oposto.

— O que posso fazer por você? — a bartender pergunta.

— Um mojito, por favor. — Deslizo o cartão pelo bar, mas ela o deixa lá, provavelmente esperando para ver se precisa apenas abrir uma conta.

Sem dizer uma palavra, afasta-se para fazer minha bebida.

O lugar está bem vazio esta noite, exceto por um casal jantando em uma das mesas e algumas senhoras tomando drinques no sofá na extremidade sul. O jazz dá ao lugar uma vibração calmante, exatamente o que eu estava procurando.

Agradeço à bartender quando ela me entrega minha bebida. Assim que levanto o copo, levando o canudo à boca, noto o senhor Esquisito olhando para mim por cima da borda de seu copo agora vazio. A antiga eu o desafiaria. A nova eu vai apenas sentar aqui e ficar de boca fechada.

Ele pede outra bebida e me fita. Não faz nenhuma tentativa de esconder seu espanto. Mordendo o lábio, tamborilando com os dedos no vidro orvalhado, ele me dá um meio sorriso.

Normalmente, não caio no feitiço de homens misteriosos que flertam, mas há algo nesse cara que faz meu coração palpitar. Não apenas porque ele é muito atraente, mas seu sorriso. É sedutor e sexy.

Tomo outro gole da minha bebida, em seguida, olho para o telefone, me perguntando por que Robby está demorando tanto. Acho que só se passaram quinze minutos. Toco no botão lateral para bloquear meu telefone e, quando olho para trás, percebo que o cara fixou seu olhar em mim. Arqueio uma sobrancelha, convidando-o a dizer o que quer que esteja em sua mente. Mas ele não profere uma palavra.

Quando uma lasca de luz atravessa a porta entreaberta, os olhos do homem misterioso desviam dos meus. Mas continuo o encarando, esperando que me roube outro olhar.

— Olá, moça bonita. Você tem planos para esta noite? — Uma voz vem de trás de mim.

Não é uma voz desconhecida, no entanto.

— Robby! — Pulo e me jogo em seus braços. — Uau. — Sorrio, dando um passo para trás e observando o corpo na minha frente. O que antes era um ursinho de pelúcia acima do peso, agora está diante de mim como um homem em forma e barbeado. — Droga, Robby. Você está todo adulto.

— Hmmm, você está apenas tentando me bajular, já que nunca atende minhas ligações.

Ele se senta no banquinho ao meu lado e chama a bartender.

— Um uísque com gelo, e o que ela estiver tomando. E continue enchendo o copo, por favor.

— Vejo que seu negócio está indo tão bem quanto esse seu corpo.

— Ai, para com isso. — Ele cora, abanando a mão no ar. — Mas, se quer saber, os negócios estão indo muito bem. Quanto ao corpo, simplesmente comecei uma rotina diária de exercícios e eliminei as batatas fritas.

— Não, as batatas fritas não — provoquei.

— Ei, está funcionando, então pare.

Uma das coisas que amo na minha amizade com Robby é que podemos passar um ano sem nos falar e depois voltar de onde paramos. Também amo que ele não tenha um gota de seriedade em seu corpo. Durante toda a minha vida, estive cercado por pessoas que só trabalham e não se divertem. É parte da razão pela qual tudo que eu queria fazer era me divertir. Era chato ser tão bem-comportada o tempo todo. Ainda é, mas minhas prioridades mudaram.

CAPÍTULO DOIS

MIRA

Já estou no terceiro drink e começo a sentir os efeitos da bebida que corre em minhas veias. Meus olhos flertaram com o estranho do outro lado do bar a noite toda, mas estive tão distraída com Robby enquanto conversamos que não percebi que o cara foi embora.

Robby pede licença para usar o banheiro antes de sairmos e termino meu último drink. Minha cabeça começa a girar, a bebida me atingindo de uma só vez. Aprendi que tenho limites no que diz respeito ao álcool e já o cheguei nele. A última coisa de que preciso é uma repetição de "O escândalo do vídeo pornô de 2020".

Chamo a bartender, querendo pagar a conta antes que Robby chegue, porque sei que ele tentará pagar por nós dois.

— Pode trazer nossa conta, por favor?

A mulher sorri com as palmas das mãos pressionadas contra o bar.

— Na verdade, já foi resolvido.

— Maldito Robby — murmuro, enfiando a carteira de volta na bolsa. — Eu sabia que ele pagaria por isso.

— Na verdade, não foi seu amigo. Foi o outro cavalheiro.

Olho em volta, me perguntando de quem ela está falando. A sala está completamente vazia agora, exceto por mim e Robby, que ainda está no banheiro.

A bartender vai para trás e, assim que pego meu telefone para colocá-lo na bolsa, uma lufada de ar atinge o lóbulo da minha orelha, trazendo fios de cabelo na frente do meu rosto. Eu os afasto, mas congelo quando sinto a presença de alguém atrás de mim. Não me viro quando o som suave, mas áspero, da voz de um homem se infiltra em meus sentidos.

— De nada.

Eu giro no banquinho, batendo nas pernas do estranho com os joelhos. Inclino meu queixo para dar uma olhada melhor em seu rosto na penumbra do bar. Seus olhos estão tão escuros quanto quando me observavam do outro lado. Há uma curta barba preta por fazer em suas bochechas. O cheiro de Bourbon e cedro sai dele e me deixa tonta, no bom sentido.

— Obrigada. — Apoio os cotovelos no balcão atrás de mim.

Ele morde o canto do lábio com um sorriso torto e apenas fica lá, como se esperasse que eu caísse de joelhos em gratidão. Ai, meu Deus. É isso. Minhas bochechas começam a ficar quentes e não tenho certeza se é o álcool ou o fato de que meu sangue atingiu o ponto de ebulição.

— Você me entendeu errado, senhor. Não sou uma prostituta. — Empurro-o para o lado e levanto, pronta para ficar o mais longe possível desse canalha.

— Ei, ei, ei, nunca disse que você era. Nunca pensei nisso — retruca, embora eu não olhe para trás. Apenas continuo andando em direção ao corredor para os banheiros na parte de trás do salão. — Foi simplesmente um gesto gentil para uma linda garota.

Mordo o canto do lábio, lutando contra um sorriso.

Ele está me seguindo?

Está. Posso sentir seu cheiro. Sedutoramente doce e tentador. Minhas coxas se apertam, sentindo um pouco de emoção na perseguição. Faz tanto tempo desde que fui cobiçada, e talvez seja a bebida, mas o calor que percorre todo o meu corpo é agradável. Sorrio por dentro e, assim que chegamos ao banheiro feminino, me viro para encará-lo, então bato a mão na porta, abrindo-a. Uma vez que estou dentro, dou um passo para trás, observando-o fechar lentamente antes de abrir de novo. Meu cabelo balança com o vento. Coloco-o de lado, com um sorriso sedutor no rosto. Minhas entranhas fervilham de desejo, seus olhos perfurando os meus. Algo em seu olhar é perturbador da melhor maneira possível.

Em questão de segundos, mãos fortes estão agarrando minha bunda e me levantando. Minhas pernas envolvem seu torso e minhas costas batem na parede. Respiro profundamente o ar masculino que me cerca. Meu Deus, a sensação de tê-lo entre minhas pernas é tão boa.

Minha calcinha umedece em resposta à proximidade, nossas bocas se encontrando, dois completos estranhos rasgando um ao outro pedaço por pedaço. Sua palma pressiona a parede oposta enquanto ele me segura com a mão livre.

Nós nos beijamos como adolescentes excitados pelo que parecem vários minutos, até que ele se afasta um pouco, mas ainda perto o suficiente para compartilhar minha respiração. Meus pés tocam o chão e seus dedos varrem suavemente minha bochecha, afastando meu cabelo do rosto. Seu toque acende algo dentro de mim, algo mais do que o beijo provocou. É um sentimento que eu não sentia há muito tempo — um que eu quero que me consuma.

— Venha para o meu quarto — murmura em minha boca, seus lábios se aproximando dos meus.

— Eu... — Minhas palavras falham, trazendo seus lábios de volta aos meus. *Eu não deveria.* Não posso baixar a guarda de novo. Da última vez, quase me destruiu. E depois, há Robby. Ele provavelmente está lá fora esperando por mim.

Fui para a França com a intenção de virar uma nova página. Mas, meu Deus, esse homem tem um gosto tão bom, como o mais doce pecado. É apenas uma noite e nunca mais o verei.

— Ok — solto, como resposta. Fiz tantas escolhas ruins, o que é mais uma?

Apoiando-me no estranho na minha frente, endireito meu vestido-camiseta azul marinho.

— Você está hospedado no hotel ao lado?

— Estou — responde, sem rodeios. Um sorriso crescente se abre em seus lábios. Ele pega minha mão e me leva pela porta.

Quando não encontro Robby, me escondo ao lado do corpo alto e musculoso do estranho para evitar ser vista. Caminhamos até o final do corredor, onde há uma saída que leva ao hotel conectado.

Robby vai presumir que pedi uma carona e fui embora. Vou falar com ele amanhã e pedir desculpas.

Segurando sua mão, sou conduzida pelo saguão do hotel até um elevador. Não digo uma palavra, apenas olho para as portas enquanto esperamos que elas se abram. Assim que o fazem, entramos simultaneamente. Vasculho meu cérebro, tentando pensar em algo para dizer para iniciar uma conversa, mas, assim que vou falar, suas mãos estão em volta de mim novamente e estou apoiada contra a parede — só que, desta vez, é em um elevador.

Nossas bocas colidem, sua língua se enredando na minha em um beijo desleixado, mas satisfatório. Posso sentir seu pau duro bater no meu osso ilíaco e enviar uma onda de arrepios misturados com excitação na minha espinha. Inclinando a cabeça para trás, olho para o nosso reflexo no teto espelhado do elevador minúsculo. O calor cobre minha barriga enquanto formigamento separa minhas coxas, implorando por seu toque entre elas.

Nem estou ciente de que ele está nos levando para trás até que as portas do elevador se fechem atrás de nós. Ele continua a chupar a pele fina do meu pescoço, descendo pela minha clavícula e atingindo nervos que me

NOVATO IMPLACÁVEL

excitam ainda mais. Meu vestido sobe até minha cintura, com minha bunda sendo exibida para qualquer um que possa passar por nós, mas eu não poderia me importar menos.

Tudo o que posso focar são esses braços fortes ao meu redor e a maneira como esse cara me faz sentir. Um cara que eu nem conheço. Essa é a beleza disso — sem amarras, sem passado voltando para me assombrar. Faz tanto tempo desde que alguém me fez sentir tão desejável. Costumo deixar meu coração exposto e me apaixonar com muita facilidade por qualquer homem que tenha um coração. Mas não desta vez. Desta vez, trata-se simplesmente de satisfazer necessidades sexuais.

Ainda segurando minha bunda com a mão, estou com as costas pressionadas contra a porta, quando ele enfia a mão no bolso e recupera um cartão-chave. Ouve-se um bipe antes que ele estique o braço para trás de mim e gire a maçaneta. A porta se abre e entramos. Ela se fecha atrás de nós e a realidade se estabelece. Isso está acontecendo.

Acredito que ele acabou de tirar os sapatos, mas não tenho certeza. De qualquer maneira, eu me livro dos meus.

Há uma lasca de luar brilhando através das persianas abertas, mas é a única luz que nos é oferecida. Meus pés batem no chão e as pontas dos dedos do estranho deslizam pelo meu vestido, amontoando-se na barra, enquanto suas mãos sobem, puxando o vestido sobre minha cabeça. Tomo a responsabilidade de livrá-lo de sua camisa da mesma maneira. Meus dedos fluem como penas por seu peito rígido e tonificado coberto de pelos pretos.

Prendo a respiração quando ele abre o botão da calça e o peso dela cai em seus pés. Meus olhos mergulham para baixo e mordo meu lábio quando vejo seu pau saindo para fora. Não é nem um pouco decepcionante. Minhas coxas se apertam em antecipação a isso entrando em mim. Deus, já faz tanto tempo e preciso disso. Sem relacionamento, sem amizade. Apenas uma noite e nunca mais verei esse cara.

O homem de poucas palavras finalmente fala com uma voz rouca e cheia de luxúria.

— Você é sexy pra caralho. — Seus dedos deslizam suavemente para baixo de cada lado de mim, deixando para trás um rastro de arrepios. Movendo-me para trás, eu arqueio quando ele desabotoa meu sutiã, deixando-o deslizar livremente pelos meus braços até que eu o tirasse. Não tenho certeza de para onde foi e não tenho interesse em descobrir; não agora, pelo menos.

Meu coração bate forte no peito quando esses mesmos dedos varrem a bainha da minha calcinha. Não vai demorar muito até que ele saiba o quanto eu quero isso, porque estou encharcada. É quase embaraçoso.

Movendo a mão mais para baixo, ele contorna meu clitóris e vai direto para minha entrada.

— Hmm, você já está tão molhada. — Ele cantarola um resmungo baixo na minha nuca. O constrangimento aquece minhas bochechas, mas quando ele mergulha a ponta de seu dedo dentro de mim, abro as pernas e dou boas-vindas a ele.

O homem desliza mais para dentro e o som dos meus fluidos pegajosos me faz querer fechar as pernas de humilhação e sair correndo daqui enquanto ainda tenho chance. Mas, antes que eu possa reagir, ele desliza minha calcinha para baixo, e o calor escorre por mim, acumulando-se em minha barriga.

— Quer isso? — ele pergunta, e estou um pouco surpresa.

Aceno em resposta, porque quero. Deus, quero muito. Preciso sentir aquele pau dentro de mim, me preenchendo e me levando a uma altura que eu não alcançava há muito tempo.

Uma vez que ganhou minha aprovação, ele me leva até a cama e me deita suavemente de costas. Acho que vai subir em cima de mim, mas, em vez disso, ele agarra minhas pernas, abrindo-as o máximo que pode antes de enfiar o rosto no meio delas. Deixo escapar um gemido sutil, seus dedos circulando minha entrada. Minhas costas arqueiam e sinto a necessidade de apenas pegar sua mão e enfiar tudo na minha boceta, o tanto que preciso dele agora.

Sua língua começa a provocar meu clitóris, e estou começando a pensar que ele está apenas me provocando. Então, pego um punhado de seu cabelo e levanto meus quadris para cima para fazer as coisas andarem.

Levantando a cabeça, posso ver o sorriso em seu rosto.

— Qual é a pressa, linda? Temos a noite toda. — Há algo em seu tom que me excita ainda mais. Sua confiança é incrível, e não posso deixar de me perguntar se isso é uma coisa frequente para ele: levar estranhas para seu quarto de hotel e se divertir com elas, apenas para mandá-las embora sem nem mesmo saber seus nomes.

Mesmo que seja, estou bem com isso. Não quero saber o nome dele e não tenho intenção de compartilhar o meu.

— Apenas faça alguma coisa. Qualquer coisa. Só não pare — imploro, me sentindo um pouco insistente.

Ele mergulha um dedo dentro de mim novamente, indo apenas até a primeira junta.

— Assim?

— Mais.

Ele adiciona outro dedo, indo mais fundo, enrolando-os dentro de mim e bombeando-os no meu ponto G. O calor de sua língua molhada circula meu clitóris, enviando uma onda de adrenalina através de mim. Minha bunda se flexiona, ganhando fricção.

Ele continua fazendo sua mágica e, nesse ponto, meu corpo tem a sensação de que ele é um mago. Alguém que surgiu do nada quando eu mais precisava dele e está me fazendo sentir coisas que não me lembro de ter sentido antes. Já me fizeram sexo oral, mas algo sobre a maneira como ele está movendo a língua externamente e empurrando os dedos em um movimento rítmico por dentro faz meu coração acelerar e todo o meu corpo inundar com eletricidade.

Minha cabeça parece fraca, meu corpo está frio e quente ao mesmo tempo. O calor corre através de mim, seguido por zaps de eletricidade de alta voltagem. Agarro seu cabelo com mais firmeza, emaranhando-o na ponta dos dedos.

— Ai, Deus — grito, seguido por gemidos, murmúrios e sons que nunca me ouvi fazer. É como uma experiência fora do corpo, enquanto estou tendo o máximo do máximo. Meus quadris balançam em movimento com cada varredura de sua língua. Cada toque de seus dedos.

Como se sentisse meu orgasmo chegando, ele pega seu ritmo e isso é tudo o que preciso para gozar. Minha excitação se espalha em sua mão e por todos os lençóis brancos de sua cama. Não há nem um momento para recordar meus pensamentos ou descer antes que ele rasgue o invólucro de um preservativo e, em dois segundos, esteja colocando-se dentro de mim. Os resquícios do meu orgasmo fazem com que seja uma entrada suave enquanto recebo apenas a parte rasa de seu pau. Passando um braço por baixo de mim, ele me move para que eu fique mais para cima na cama grande. Seu queixo descansa confortavelmente em meu ombro. Minhas mãos repousam desajeitadamente em suas costas, sem saber onde colocá-las. Isso não é íntimo; é puramente sexo e não quero dar a ele a ideia errada, transformando isso em algo mais.

Quando sua boca encontra a minha e ele me beija com tanta paixão e sedução, fico desesperada. Sob seu feitiço, pelo menos por enquanto.

Aperto seus lados com as mãos, de repente sentindo como se não pudesse chegar perto o suficiente. Como se nossos corpos fossem feitos para se encontrar dessa maneira.

Ele empurra com mais força e mais rápido, fazendo meu corpo deslizar ainda mais para cima na cama, até que eu possa sentir a ponta da minha cabeça no final do colchão. Se tivéssemos começado isso na cama da maneira correta, minha cabeça provavelmente estaria batendo na cabeceira.

— Você é tão apertada e molhada — murmura em minha boca. — É bom pra caralho te sentir, linda.

Solto uma respiração pesada de ar, enquanto ele inala em seus pulmões, apenas para devolvê-lo de volta para mim.

Esse cara, um completo estranho, continua a me foder com tanta força e paixão. De alguma forma estranha, sinto-me orgulhosa por ser eu quem está dando a ele esse prazer, sendo a razão dos sons que ele está fazendo. Faz tanto tempo desde que me senti apreciada ou desejada.

Seu pau começa a pulsar dentro de mim. Mesmo através da camisinha, posso sentir sua cabeça inchar e uma estocada final o faz gemer de prazer. Seu corpo cai sobre o meu. Cheio e pesado, esgotando meus pulmões.

— Passe a noite comigo.

Meus olhos se arregalam de surpresa.

— Hmm, eu não…

— Por favor, apenas uma noite. Faz tanto tempo que não tenho a companhia de uma mulher.

Aparentemente, meu plano saiu pela culatra. É um pedido estranho, vindo de um cara que parece fazer esse tipo de coisa com frequência. Ele era experiente — suave e sedutor. Definitivamente não foi a primeira vez que transou com uma estranha em um bar. Então, por que ele quer que eu fique? Talvez só queira companhia. Acho que não é necessariamente uma coisa ruim. Eu poderia desfrutar de companhia, também.

— Ok — cuspo, por impulso. Afinal, por que não?

Minhas palavras devem tê-lo surpreendido, porque ele se levanta quase instantaneamente e sorri, me dando um beijo na testa.

— Vou pegar uma camiseta para você dormir.

Faço uma ligação rápida para Stewart, avisando que não vou precisar de uma carona, afinal.

Burra, burra, burra.

Essa é a palavra que se repete em minha mente enquanto estou olhando para a bunda nua de um estranho. Ele está dormindo de bruços com os braços debaixo de um travesseiro. Minutos atrás, eu estava fazendo o mesmo ao lado dele.

Eu não estava bêbada ontem à noite. Um pouco tonta, mas coerente — ainda assim, ainda fui pega no calor do momento, e é por isso que estou pegando peças de roupa do chão do quarto do hotel, sem nem saber em que número de quarto estou, cheia de arrependimento.

Deslizo o sutiã quando as pernas do meu companheiro de cama começam a se mover ligeiramente. Arranco a camisa que estou vestindo, já sentindo falta do cheiro. Agarrando meu vestido, eu congelo. Meus olhos percorrem o chão escuro em busca da minha calcinha, mas não a vejo. Ele se move mais, movendo a cabeça, então coloco meu vestido, pego minha bolsa e não olho para trás, me dirigindo para a porta.

Então eu paro. Mordendo o lábio, olho por cima do ombro. Seus olhos abertos pegam os meus e algo gira dentro do meu estômago.

O estranho, com quem eu tão tolamente dormi ontem à noite, se apoia no cotovelo e lambe os lábios.

— Nunca perguntei seu nome.

O meu nome? *Por que ele precisa saber meu nome?*

— É hmm, Mia. Mia Bluff. — O nome falso sai voando da minha boca e eu gostaria de ter criado algo melhor, como Marilyn DaVinci ou Francesca Donavan, mas o que está feito está feito. Não importa de qualquer maneira... nunca vou vê-lo novamente.

Abro a porta para sair.

Foi só sexo. Nada mais.

CAPÍTULO TRÊS

MIRA

Quando alguém lhe diz que você é incapaz de fazer algo, uma e outra vez, você acaba acreditando. Sempre tive sonhos, mas nunca acreditei que os tornaria realidade. Sempre achei que nasci apenas para existir. Minha vida nunca teve sentido e nunca senti que estava seguindo em frente. Em vez disso, estive parada durante todos os vinte e três anos da minha vida. E sim, eu sei, não se espera que eu tenha tudo planejado nessa idade, mas eu deveria pelo menos saber para onde estou indo de um dia para o outro. Eu nunca soube, porém, até agora.

Convenci meu pai a me deixar trabalhar no marketing de um projeto para um lançamento que teremos em alguns meses. Fiz cursos universitários de marketing e sempre levei jeito para a arte, então tenho a experiência necessária. Estarei trabalhando ao lado da chefe da equipe de design, Layla, e, ao fazê-lo, criarei o novo logotipo para um energético totalmente natural que estará disponível neste outono. Pela primeira vez em muito tempo, finalmente sinto que estou fazendo algo que tem um propósito. Ao fazer isso, também estou mostrando ao meu pai que tenho ética de trabalho, mesmo que nunca a tenha colocado em prática.

— Vamos, pai — murmuro para o telefone, enquanto ele continua a chamar. Meu pé bate repetidamente no ladrilho de ardósia em frente à janela do tamanho da parede do escritório. É uma bela vista da cidade, mas nada supera a que tinha até poucos dias na minha cobertura na França. O correio de voz atende *novamente* e encerro a ligação sem deixar recado.

— Argh — resmungo, girando para longe da janela. Largo o telefone na mesa, olhando para ele por um segundo, então me jogo na enorme cadeira giratória. Meus pés empurram o chão e giro para a esquerda, depois para a direita e volto novamente.

É a terceira vez que tento ligar para ele esta manhã, e todas as vezes cai na caixa postal. Entendo, ele está de férias. Tomando banho de sol e vivendo como um vagabundo na praia. Um vagabundo muito rico, mas ainda assim na praia.

NOVATO IMPLACÁVEL

Todas as manhãs, desde que saí para a faculdade, ligo para meu pai. Às vezes, é uma checagem rápida; em outras, é uma longa conversa sobre meu futuro e os planos de vida que não tenho. Ultimamente, é sobre ele. Posso não ser muito boa, mas sou muito boa em amar minha família. Meu pai é meu herói e tudo que me esforço para ser um dia. Mas, ele está doente. Sua saúde está piorando rapidamente e agora, mais do que nunca, preciso dele, mas não posso lhe dizer isso, porque ele precisa mais de mim.

Eu normalmente não me estressaria tanto com ele não retornando minhas ligações, mas, desde seu último diagnóstico, parece que tudo o que faço é me preocupar.

Estou pronta para tirar um pouco do fardo dele e mostrar que serei uma coisa a menos com que ele precisa se preocupar quando partir. Esse pensamento é insuportável. A vida sem meu pai não parece possível.

Saí de Provença para voltar aos Estados Unidos e provar a ele que estou pronta para ocupar meu lugar nos negócios da família — mesmo que ele não ache uma boa ideia. Meu pai sempre quis o melhor para mim; é meu irmão, Lance, que pensa que sou incapaz de tomar uma decisão que salve minha vida. Não é nenhum segredo que meu irmão e eu não nos damos bem. Não foi apenas o caso com Mark. Lance e eu batemos de frente a vida inteira. Dormir com seu melhor amigo só piorou as coisas. Nossos pais estão bem cientes de nosso desdém mútuo, e não posso deixar de sentir que Lance é a razão pela qual nosso pai não quer que eu tenha um papel ativo na Glasson Waters. Meu pai é meu maior líder de torcida, e minha mãe é de Lance. Sei que ele está tentando manter o respeito mútuo com todos os membros de nossa família, mas preciso de sua fé em mim, agora mais do que nunca.

Meu corpo inteiro dispara para cima na cadeira quando meu telefone começa a zumbir na mesa. Toco em aceitar e atendo a chamada, levantando-me.

— Olá, pai. Eu estava começando a ficar preocupada. Como está o Taiti? — Volto para a janela e observo as movimentadas ruas da cidade abaixo de mim.

— Absolutamente lindo. É de tirar o fôlego aqui. Tudo que eu não sabia que precisava. — Há uma tranquilidade em seu tom que me oferece conforto. Eu sorrio. Meu pai merece isso. Além de alguns fins de semana aqui e ali, são as primeiras férias que ele tira desde que começou esta empresa do zero, trinta anos atrás.

— E minha mãe? Ela está cuidando bem de você?

— Ah, sim. Fica em cima de a cada minuto do dia. Você sabe como ela é. — Ele solta um suspiro pesado, pronto para mudar o rumo dessa conversa. — Chega de falar de mim. Hillary disse que você está se acomodando em casa. Como é estar de volta?

Hillary é nossa governanta e uma das pessoas mais gentis que conheço. Ela está conosco desde que eu era criança e sinto tanto a falta dela quanto da minha mãe e do meu pai.

— É ótimo — minto. A verdade é que pensei que voltar me daria uma ideia do que viria a seguir, mas meu futuro ainda é muito sombrio e incerto. — Estou me acomodando; na verdade, estou no seu escritório agora, preparando minhas ideias de design para apresentar a Layla na próxima semana. — Deixo de fora que tenho feito ioga em seu escritório a manhã toda, vestindo um par de leggings de treino e uma regata, enquanto caminho descalço pelo chão da sala.

— Sinto o sarcasmo, querida. Ouça, sei que você quer provar a si mesma, mas não ficarei desapontado se mudar de ideia. Na verdade, acho que voltar para a França e continuar com seu sonho artístico é uma ótima ideia.

Aí está. Sua maneira gentil de me dizer que não sirvo para isso. Que ainda posso ser co-herdeira de uma das empresas da Fortune 500, uma das maiores dos Estados Unidos, ao lado de meu irmão intimidador, embora não tenha nada a ver com o negócio em si. "Deixe Lance cuidar de tudo, ele é bom nisso". Ou "você é linda e inteligente e pode ser o que quiser. Por que você quer se contentar com um trabalho de escritório?".

Com o telefone ainda pressionado contra o ouvido, me inclino e me estico, tocando os dedos dos pés e aliviando um pouco da tensão na coluna.

— Eu posso fazer isso, pai. Já te disse, vou te provar que está errado. Sei que você duvida das minhas habilidades, mas, na verdade, eu tenho algumas ideias muito boas.

— Mira Glasson — fala meu nome, severo, e com um tom áspero. — Nunca duvidei de você. Sei que é totalmente capaz de fazer o que quiser. Eu simplesmente não sinto que o mundo corporativo seja onde sua cabeça realmente está. Você é uma artista. Uma sonhadora. Um espírito livre com olhos de tigre. Viva sua vida por você, não por mim.

Eu bufo e faço beicinho ao mesmo tempo.

— Isto não é sobre você, pai. É sobre o meu futuro. É isso que eu quero. Trabalhar na equipe de design me permitiria usar tanto meu amor pela arte quanto meu diploma de marketing. A menos que... sua hesitação seja por causa do meu passado? Você tem vergonha? Eu já te disse...

NOVATO IMPLACÁVEL

— Não. Absolutamente não. Todos nós sabemos que o que aconteceu foi um erro terrível, Mira. Manter você e sua mãe longe dos olhos do público nunca foi uma questão de vergonha. Sempre foi sobre proteção.

— Apenas deixe-me tentar. É tudo que eu peço.

— Já te dei minha aprovação. Tudo o que peço é que você mantenha tudo muito discreto. Pode continuar a usar meu escritório enquanto eu estiver fora. Consulte Layla quando necessário, mas confio em você para não vazar o novo lançamento, nem chamar muita atenção para si mesma. Isso é importante, Mira.

— Eu entendo, pai. Prometo que não vou te decepcionar.

Meu pai prefere viver uma vida muito privada. Mesmo como fundador e CEO da Glasson Waters, uma das maiores empresas de água engarrafada e bebidas do mundo, meu pai nunca quis que a identidade de sua família fosse revelada. Ele teme que isso faça mais mal do que bem. Fez o mesmo com Lance até que ele se apresentou e começou a trabalhar para ele alguns anos atrás como COO da Glasson. Ele nem mesmo compartilhou sua saúde decadente com ninguém fora de nossa família.

O alvoroço do meu caso e o escândalo do vídeo pornô podem estar no passado, mas sei que vive na mente de todos desta família. Não o vídeo em si — graças a Deus, ninguém da minha família assistiu —, mas a merda que o vídeo causou.

— Eu acredito em você, Mira.

Meu coração se aquece com suas palavras. Depois de tudo que fiz a esta família, ele ainda acredita em mim.

— Obrigada, pai. — Meus olhos ardem com lágrimas.

Meu pai está doente. Já faz um tempo, mas recentemente recebemos a notícia de que ele não está mais respondendo ao tratamento. Ele diz que está bem, mas quando os médicos nos dizem que ele tem meses de vida, todos sabemos que não está. Então, esses próximos meses são para ele. É hora de ele aproveitar a vida, e é hora de eu deixar de ser rebelde e despreocupada e viver de acordo com a fé que meu pai tem em mim.

Uma batida na porta me faz voltar do meu alongamento.

— Tenho que ir, pai. Dê um beijo na minha mãe por mim. Amo você. — Termino a ligação e coloco meu telefone no bolsinho de trás da calça de ioga. Assim que vou puxar a maçaneta em forma de U da grande porta, ela se abre, me acertando bem no ombro.

— Ai, merda — meu agressor murmura. — Quero dizer, sinto muito. Eu não estava...

Suas palavras desaparecem enquanto engulo as minhas, grossas e pesadas na minha garganta. Não pode ser.

— Mia? — meu caso de uma noite só, de dois dias atrás, diz, lindo como sempre, na minha frente. Está vestindo um terno semelhante ao que usava naquela noite, só que a camisa de botão tem o botão de cima aberto, em vez dos três primeiros daquela vez. Seu cabelo preto no peito está apenas levemente espreitando. Ele tem o mesmo cheiro, no entanto. Crocante, quentinho e delicioso.

Meus joelhos começam a ficar fracos. Meu coração está fraco, ou talvez esteja apenas batendo tão rápido que está prestes a desistir. De qualquer forma, não me sinto muito bem.

— O que diabos você está fazendo aqui? — deixo escapar. Olho além dele, me perguntando se está aqui com alguém. Ele me seguiu? Ele está me perseguindo?

— Eu, hmm, me desculpe. — Ele aponta o polegar por cima do ombro. — A assistente do senhor Glasson não estava na mesa. Achei melhor tentar contatá-lo pessoalmente.

Sua assistente? Ele está namorando a assistente do meu pai? Não. Se ele estivesse, saberia que ela também está de férias por duas semanas.

— Sinto muito, Mia. Mas, o que você está fazendo aqui? — Suas sobrancelhas se arqueiam e seus olhos se arregalam. — Ahhh, você deve ser a assistente do senhor Glasson? Que coincidência maluca.

— Sim. — E aceno, minha expressão em branco e meus pensamentos completamente congelados. — Sim. Maluquice.

Espere. Acabei de admitir ser assistente do meu pai?

— Bem, acho que devo me apresentar adequadamente. Eu sou Sawyer. Sawyer Rhodes. — Ele estende a mão para mim, que olho para ela como se estivesse coberta de uma doença contagiosa. Quando meu corpo e minha mente se recusam a trabalhar juntos, ele retrai seu gesto gentil e enfia as duas mãos nos bolsos da frente de sua elegante calça preta.

Nós simplesmente ficamos lá, olhando. Um silêncio constrangedor nos envolve e eu daria qualquer coisa para alguém entrar por aquela porta agora mesmo.

— Mia — diz ele, um nome que não é meu. — Você está bem? — Uma queda de sua cabeça o faz tentar olhar em meus olhos enquanto miro seus bolsos, onde suas mãos agora estão pressionadas com força.

Erguendo o rosto, eu o encaro.

— Sim, desculpa. Estou realmente surpresa em vê-lo aqui.

Uma das mãos sai do bolso. Seus dedos longos passam para trás por seu cabelo liso.

— É uma surpresa e tanto. Não fazia ideia de que trabalharíamos juntos. Se eu soubesse... esquece, não importa.

Trabalhando juntos? Ele não pode estar falando sério.

— Você trabalha aqui? — Minha expressão transmite minha completa surpresa.

— Acabei de começar no departamento de marketing. Primeiro dia, na verdade. — Sawyer olha além de mim, como se esperasse ver meu pai em sua mesa. — O senhor Glasson está por perto ou devo voltar depois?

Sigo seu olhar para a mesa antes de voltar para ele.

— Na verdade, o senhor Glasson está fora do escritório por algumas semanas. Você pode tentar o celular dele, mas sei que o serviço não funciona bem na ilha. — Ele solta uma risada leve que faz minhas sobrancelhas franzirem. — Por que é que isso é engraçado?

— Eu simplesmente não estou surpreso que ele tenha tirado férias tão longas, fez sua assistente continuar com a rotina das nove às cinco.

— Para sua informação, sou apenas uma temporária. Sua assistente recebeu o mesmo período de férias. — *Toma essa, idiota!* É outra mentira, mas pelo menos alivia um pouco do desgosto que ele sentia por meu pai. Dou de ombros. — Eu mal conheço o cara.

— Faz sentido, eu acho. Um funcionário permanente provavelmente não usaria calças de ioga e sutiã para trabalhar. — Algo em seu tom sério me lembra do meu irmão. Só negócios e nada de diversão.

— O que os olhos não veem, o coração não sente. Além disso, não é um sutiã. É um top esportivo — cuspo, em modo de defesa. — E quem fez de você o senhor Juiz? Você não deveria estar tentando causar uma boa impressão no primeiro dia?

— Bem, assim como você, não pretendo ficar aqui por muito tempo. Apenas um trampolim para coisas maiores e melhores. Não tenho intenção de trabalhar permanentemente para o "CEO Mais Implacável de Nova York". — Ele faz aspas com as mãos para o título dado ao meu pai.

Meus olhos se arregalam de surpresa. *Ele realmente acabou de dizer isso?*

— Na verdade, o Senhor Glasson é um grande homem. Ele faz muito bem para a comunidade. Pelo menos, é o que ouvi.

Ele ri, sarcástico, e a atração que eu sentia por ele lentamente começa a diminuir.

— Ele não acabou de cancelar o baile anual de caridade esta semana que traz centenas de milhares de dólares para crianças carentes? E agora você acabou de me dizer que é porque ele está de férias. Quem faz isso? Acho que, quando você nem consegue criar sua própria filha, também não se importa com as outras crianças.

Meu queixo quase bate no chão.

— Desculpa? — As palavras saem da minha língua com exasperação. — O que a filha dele tem a ver com tudo isso?

— Ah, vamos. Você não fez nenhuma pesquisa sobre esta empresa? O senhor Glasson esconde a esposa e a filha como se fossem colares de pérolas preciosas. A filha gasta todo o dinheiro dele e já se envolveu em mais de um escândalo. Ouvi dizer que ele a escondeu em algum lugar, porque ela estava prestes a destruir sua reputação. Talvez ela devesse deixar o mundo ver como é uma bagunça sem classe.

Minha mandíbula aperta em fúria e cerro meus punhos ao meu lado. *Não dê um tapa nele. Não faça isso.*

Meus ombros se erguem e depois caem abruptamente.

— Talvez você esteja certo. Mas, não é da minha conta. Como eu disse, sou apenas uma temporária. Com isso dito, você pode ir agora. — Vou fechar a porta, mas ele pisa nela. Faço uma careta em resposta, sem saber o que pensar deste homem. Eu certamente não gosto do jeito que ele retratou minha família, e agora ele está aqui como se tivesse o direito de estar neste escritório em primeiro lugar.

Sem dizer uma palavra, ele fica lá me inspecionando, como se estivesse tentando se lembrar de como era meu corpo nu na cama de seu quarto de hotel.

— Aproveite seu dia, Mia Bluff — finalmente diz, com um sorriso, antes de tirar o pé da porta.

Depois que ele sai, fecho a porta e pressiono as costas contra ela.

Que idiota! Não acredito que deixei aquele cara me seduzir e depois dormir comigo.

Parece que ele formou uma opinião bastante negativa da minha família. Infelizmente, não posso mudar o que todos no mundo pensam sobre nós. Mas... talvez mudar a mente de uma pessoa seja um começo. Talvez esta seja minha maneira de ajudar a empresa — lançando uma luz positiva sobre o nome de nossa família.

Abro a porta do escritório do meu pai e passo rapidamente pela mesa da assistente até o elevador. A porta está fechando lentamente, mas enfio minha mão no caminho, parando bem a tempo. Ela se abre e fico cara a cara com o Sawyer.

— Oi — eu digo, sem jeito —, queria saber se você tem planos para o almoço hoje?

Meu coração galopa no peito enquanto antecipo sua resposta. Embora eu não possa imaginar que ele atiraria em mim. Sou jovem, em forma, atraente, e ele não tem ideia de que sou a garota que acabou de ofender minutos atrás. Além disso, fizemos sexo. Só isso já justifica uma refeição.

Ele põe o dedo no botão do oitavo andar, mas não o pressiona. Com seus olhos escuros fixos nos meus, encolhe os ombros.

— Na verdade, tenho muito trabalho hoje, Mia. Então, se você não se importar... — Ele aperta o botão e deixa cair o braço ao lado do corpo.

— Ah — é tudo o que posso dizer. Dou um passo para trás quando a porta começa a fechar. Olhando para frente até que ele se foi e tudo o que está olhando para mim é a porta de aço inoxidável. — Ah, não, ele não fechou a porta na minha cara! — murmuro baixinho, agitada e indignada.

Meus braços cruzam sobre o peito, os dedos dos pés batendo no chão do corredor. Fico ali parada, esperando que a porta se abra de novo, pensando que deve ter sido algum tipo de engano.

Quando isso não acontece, o calor irradia através de mim, acumulando-se em minhas bochechas e me oferecendo uma sensação que não me é estranha. Posso não ser essas coisas que ele disse sobre mim, mas nunca fui boa com rejeição. Parece que o cara novo ofereceu um desafio.

Bem, imbecil, desafio aceito.

CAPÍTULO QUATRO

SAYWER

Assim que a porta do elevador se fecha, meus olhos fazem o mesmo. Minha cabeça descansa na parede fria de aço inoxidável do cubículo de quatro por quatro em que estou fechado. *Isso é ruim.*

Abrindo os olhos, encaro o anel em meu dedo, me perguntando se ela o viu, questionando por que estou usando. Nos meus dias bons, eu tiro. Penduro no pequeno suporte de anel de elefante no banheiro onde ela sempre pendurava seus anéis. Eu nunca deveria ter mantido aquilo. É apenas um lembrete constante de que ela se foi. Logo pela manhã, quando escovo os dentes e lavo o rosto, vejo isso.

Nos dias não tão bons, coloco minha aliança e finjo. Finjo que ela ainda está aqui. Passo o dia sem pensar no fato de que irei para casa, para um apartamento vazio, e jantarei sozinho.

Hoje era um daqueles dias. O que começou como uma manhã ruim, era para ser um dia de fingimento, só para que eu pudesse ter um momento de felicidade neste mundo completamente fodido.

O elevador apita antes que as portas se abram. Sou saudado por uma linda loira com cabelos ondulados que caem logo abaixo de seus mamilos duros que ameaçam romper o tecido transparente de seu vestido-camiseta branco. Ela sorri, mas não retribuo. Normalmente, eu faria. Eu me afastaria e subiria mais alguns andares, só para tentar convencê-la a ir para a minha cama. Hoje não. São apenas nove horas da manhã e já estou derrotado e pronto para jogar a toalha neste dia.

Passo por ela e não olho para trás. Minha mente imediatamente pensando em Mia. *Mia Bluff*. Que sobrenome estranho. Estou surpreso por ter me lembrado disso. Tive mais de uma dúzia de corpos debaixo de mim desde Taylor, e Mia é o único nome que me lembro.

Talvez vir para Santa Monica tenha sido um erro. Sou tolo em pensar que mudar de cidade pode consertar meu coração partido?

Minha primeira noite aqui e eu imediatamente transo com a primeira garota que vejo em um bar. Assim que vi suas longas pernas, soube que tinha que subir entre elas.

O carma me odeia. É muita sorte minha que eu acabaria trabalhando na porra do mesmo prédio que a garota que eu planejava nunca mais ver. Ela já me convidou para almoçar. Vai querer mais de mim. O que vem depois? Ela vai começar a nomear nossos futuros filhos e planejar nosso casamento?

Desço o longo corredor que flui com luz natural, vinda das grandes janelas que compõem as paredes do prédio. Ignoro as pessoas com sorrisos no rosto e gargalhadas prontas. É deprimente, de verdade. Não que eu prefira que todos fiquem tristes e miseráveis, como eu, mas tenho inveja de não ter um pingo da felicidade que eles têm. Meus sorrisos são falsos. Minhas palavras gentis são raras e forçadas.

Estou a caminho do meu novo escritório, ou melhor, cubículo, quando passo por um grande retrato do senhor Glasson, que está na frente e no centro do saguão. Ele está segurando uma garrafa de água de sua empresa com um sorriso de merda no rosto. Um sorriso que diz: *esta é a porra da minha empresa e ser um bilionário me permite mandar em todos vocês, filhos da puta.* Adoraria tirar a mão do bolso e mostrar o dedo ao desgraçado, mas não o faço. Preciso desse emprego agora, mesmo que não concorde com a maneira como o homem faz negócios.

É uma pena que o restante dos funcionários aqui não tenha os mesmos luxos que os do último andar. Até a assistente temporária tem uma bela configuração com uma vista incrível. No entanto, todos nós, lacaios e escravos dos Glassons, somos empurrados escada abaixo em uma sala aberta cheia de cubículos do tamanho de caixas. Dizer que estou amargurado com a situação seria um eufemismo. Uma vez eu tive tudo — até que tudo que eu tinha se foi.

Caio de volta na minha cadeira, olho para a tela em branco do computador e espero a próxima sessão de treinamento começar. Esperava que, durante nosso intervalo de vinte minutos, pudesse convencer o Senhor Glasson de que eu era habilidoso o suficiente para subir para uma posição mais alta, com mais desafios e remuneração. Parece que serei uma das dezenas de pessoas trabalhando exclusivamente nas plataformas de mídias sociais da empresa.

— Sua atenção, por favor — o senhor Johnson, gerente de marketing, diz alto o suficiente para todos nós ouvirmos. — No restante da tarde, estaremos no segundo andar, na sala 207. Haverá alguns vídeos que fornecerão informações básicas sobre a empresa, bem como alguns planos futuros e perspectivas compartilhadas por nosso COO, Lance Glasson.

Meu pescoço pulsa. Vídeos e uma palestra. Ai, que dia divertido teremos.

Pego meu telefone e as chaves da mesa, levanto-me e coloco-os no bolso. Todo mundo ao meu redor está vestindo uma calça cáqui simples e uma camisa de botão, e tenho quase certeza de que me vesti demais para a ocasião.

Isso é o que eu queria. Não escolhi esta vida, mas escolhi me afastar da que eu tinha. Dois anos atrás, eu estava sentado na alta administração. Era o rei sentado no trono. Amava meu trabalho, tinha uma linda esposa para voltar para casa todas as noites. O problema de trabalhar para a própria família é que, quando as coisas ficam difíceis, para a empresa, você é apenas um funcionário. Eu precisava de uma folga, mais tempo do que eles estavam dispostos a me dar. Meus próprios pais me forçaram a deixar meu cargo e não falei com eles desde então. Eu poderia ter engolido meu orgulho e os bajulado um pouco, mas ainda estou azedo com a coisa toda. Sigo chateado por, naquele momento, não ter sido filho deles. Eu era apenas um garoto com o coração partido que precisava "superar isso". Tudo bem, não era Glasson Waters. Era uma empresa pequena, mas eu tinha um bom pé-de-meia e um futuro brilhante. Desisti de tudo e vivi com minhas economias no ano passado. Agora que se foi, não tenho escolha a não ser começar de novo. Eu poderia voltar com o rabo entre as pernas, mas não sou assim. Eu não imploro, e não peço que sintam pena.

Então aqui estou. Sentado em uma sala de reuniões com um bando de novatos, esperando para aprender tudo sobre a história de Glasson. Mesmo que eu já tenha feito minha própria pesquisa e saiba tudo o que vão nos dizer, e mais um pouco. Eles vão deixar de fora que Floyd Glasson não começou tecnicamente do zero. Ele já estava podre de rico de uma herança. Uma herança que usou para começar o negócio. Eles vão passar pano, fazendo parecer o típico cara estadunidense que teve um sonho e correu atrás dele.

Eles também deixarão de fora que sua filha prefere passar o tempo fazendo pornografia, para que seus parceiros possam vender por um dólar ou dois. Ela conseguiu ficar fora dos olhos do público por um tempo, mas, no ano passado, vazaram um vídeo pornô dela e de um cara casado. Ela arruinou uma família inteira.

Passaram três vídeos de quarenta e cinco minutos e não prestei atenção em nenhum deles. As luzes se acendem e, quando todos se mexem em seus assentos, presumo que não era o único prestes a cair no sono.

— Alguém tem alguma dúvida? — o senhor Johnson pergunta. Seus olhos varrem a sala, esperando que alguém responda. Quando ninguém o faz, ele continua: — Ok, então. Apresento agora Lance Glasson, o chefe de operações e filho do fundador e CEO, Floyd Glasson.

Lance assume seu lugar no pequeno pódio na frente do grupo. Ele parece tão tenso quanto nos jornais e revistas. Um homem que leva os negócios a sério e provavelmente nunca abriu um sorriso neste prédio. Ele coloca um microfone na lapela do paletó e bate nele algumas vezes até que o som ressoe pelos alto-falantes.

— Obrigado, senhor Johnson — Lance diz, antes de fixar o olhar no grupo, passando de pessoa para pessoa enquanto fala. — Boa tarde. Como o senhor Johnson acabou de compartilhar, sou Lance, o COO aqui da Glasson Waters. Ele sai de trás do pódio e começa a andar pela pequena extensão do chão na frente da primeira fila. — Aqui na Glasson, nosso lema consiste na sigla DDM. Diversidade, Determinação e Motivação. Acreditamos que todos têm um lugar aqui. Queremos que nossos funcionários estejam *determinados* a trazer a *diversidade*. E para fazer isso, você precisa de *motivação*. Não pense nisso como trabalho, pense nisso como parte da mudança que queremos fazer no mundo.

Meus olhos rolam por impulso. Esse cara está falando sério? Tudo o que ele está dizendo soa tão ensaiado.

Ele continua a tagarelar enquanto eu abafo sua voz com meus próprios pensamentos. Pergunto-me quão chateada Mia ficou quando recusei sua oferta para almoçar e fechei as portas do elevador. Aposto que ela estava chateada. Considero-a alguém que se irrita facilmente. O canto do meu lábio se ergue em um sorriso, quase satisfeito comigo mesmo. Assim que percebo que estou, de fato, sorrindo, deixo de lado a expressão. Eu não deveria estar pensando em outra mulher. Especialmente naquela. Nunca deveria ter me oferecido para deixá-la ficar no meu quarto. É que era minha primeira noite aqui. Eu estava sentindo falta de Taylor, mais do que nunca, me sentindo muito longe de casa. Sexo e bebida parecem ser a única maneira de tirá-la da minha cabeça ultimamente.

Sou tirado de meus pensamentos quando a porta principal da sala se abre. Todos olham por cima do ombro quando a beldade morena entra. Só que, desta vez, ela está vestindo uma jaqueta jeans por cima do sutiã. Sua barriga nua está aparecendo e ela ainda está usando as leggings apertadas que mostram cada curva de seu corpo gostoso.

— Ah, me desculpe. Não percebi...

Ela para de falar quando Lance começa a persegui-la com fogo nos olhos. Ela sai pela porta, que permanece aberta, mesmo quando Lance sai sozinho.

— O que você está pensando vindo aqui? Especialmente vestida assim? — Eu o ouço dizer com uma voz abafada, mas severa.

— Desculpe. Eu só precisava te fazer uma pergunta.

Meu sangue começa a ferver. Quem diabos esse cara pensa que é falando com uma temporária desse jeito? Ou com qualquer mulher? Cerro os punhos no colo, e está tomando toda minha força de vontade para não sair correndo por aquela porta e acabar com sua pretensão de poder.

Há mais palavras sussurradas que não consigo entender e, segundos depois, Lance retorna, fechando a porta atrás de si.

— Desculpe por isso. Não devemos ser interrompidos novamente. — Ele volta para o seu lugar na frente da sala, mas não consigo mais ouvir esse imbecil.

Eu me levanto silenciosamente e deslizo entre as fileiras de cadeiras.

— Com licença — repito ao sair.

Lance continua a falar enquanto abro a porta e a fecho atrás de mim. Sinto uma onda de alívio quando não consigo mais ouvir sua voz. Minhas costas batem na porta e eu respiro fundo. Nunca imaginei que voltar ao trabalho seria tão insuportável.

— O que você está fazendo? — Sua voz chama minha atenção. Olho para a direita e a vejo parada ali. Mãos nos bolsos da jaqueta jeans, chinelos nos pés. Posso estar vestido demais, mas é muito melhor do que estar mal vestido. Não é à toa que ela recebeu uma bronca do superior. Quando eu tinha o cargo de vice-presidente de marketing de curto prazo na empresa de meus pais, sonhava com mulheres andando pelos corredores em algo tão revelador.

— Precisava de um pouco de ar fresco. E você? Lambendo suas feridas deixadas pelo grande COO?

— Ah, você ouviu. — Ela sorri. — É, acho que ele não gosta muito de mim.

— Não consigo imaginar por quê. A maioria das assistentes não aparece nas salas de reunião usando um top de banho e calças apertadinhas.

NOVATO IMPLACÁVEL

— Apertadinhas? — Ela bufa. — Eu dificilmente chamaria assim. Além disso, fui à academia antes do trabalho e esqueci minha roupa. Era chegar atrasada ou chegar na hora. — Ela acena com as mãos sobre o traje. — Escolhi não me atrasar.

— Vejo que você tem um pouco de ética de trabalho nesses ossos frágeis.

— Quero que você saiba que na verdade sou muito durona. Não deixe que meu corpinho o engane.

Minha língua estala no céu da boca.

— Ah, tenho certeza que você é, Mia Bluff. — Sorrio, de verdade dessa vez. Já faz um tempo e é bom. Só não tenho certeza de como devo me sentir sobre essa mulher ser a razão disso. Eu preciso ficar longe dela... muito, muito longe. — Tenho que ir. Vejo você por aí. — Afasto-me rapidamente, antes de ser sugado para tão longe que não consiga sair.

CAPÍTULO CINCO

MIRA

Sawyer vai embora, mas o agarro pelo braço, o parando. Seus olhos brilham até meus dedos que estão em volta de seu antebraço. Ele encara o meu toque como se, sozinha, minha mão estivesse colocando fogo nele.

— Desculpe. — Recuo. — Só preciso saber por que você recusou o almoço. Alguns dias atrás, você estava praticamente me implorando para passar a noite com você, e agora... — Minhas palavras param, imaginando que deixei meu ponto alto e claro. Se esse cara esperava uma garota passiva, ele estava completamente errado. Eu sou tão direta quanto se pode ver.

— Eu te disse. Tenho trabalho a fazer.

— Uhum. Então por que está aqui fora e não lá dentro? Não parece que você está muito ansioso para aprender sobre a empresa ou o trabalho que fará.

— Você tem razão. — Seus ombros se erguem. — Não estou animado com nenhum dos dois. Mas preciso de um emprego, então aqui estou — finaliza, nada entusiasmado.

Aceno com a cabeça lentamente, observando-o. Tentando lê-lo, mas ele é durão. Se eu tivesse que formar uma opinião agora com base no que aprendi, diria que ele está fugindo de alguma coisa. Sem sorte e sentindo pena de si mesmo dentro daquela linda cabeça dele.

— Tenho certeza de que vão te deixar comer.

Suas sobrancelhas se arqueiam, dentes roçando seu lábio inferior enquanto os braços cruzam sobre o peito.

— Agora, quem está implorando?

— Não estou! — Bufo, em minha defesa. — Só preciso saber o que fiz de errado. Por que você não está mais interessado? Mesmo que eu também não esteja... de jeito nenhum. — *Ok, pare de falar agora, Mira.* É verdade, no entanto. Depois da maneira como ele falou sobre minha família, não tenho interesse algum em ir para a cama com esse idiota julgador novamente. Gostaria de ter a oportunidade de fazê-lo mudar de ideia, mas certamente não vou implorar por isso.

NOVATO IMPLACÁVEL

Ele não responde. Em vez disso, apenas fica lá como se estivesse esperando para pular em sua própria defesa a qualquer momento.

Os segundos se passam. Segundos que parecem minutos e, de repente, me sinto uma idiota. Isso me atinge de uma vez.

— Tudo bem — cuspo, deixando minha postura e girando no calcanhar dos meus chinelos. Vou embora de cabeça erguida enquanto ainda tenho chance. Ele consegue uma visão clara das minhas costas e tomo cuidado extra para rebolar os quadris a cada passo para que ele possa ver o que está perdendo.

— Mia, espere — eu o ouço gritar atrás de mim.

E continuo andando. Se ele realmente tem algo a dizer, pode correr atrás de mim, porque certamente não vou me expor novamente.

Passando pela entrada principal, e pela recepcionista da frente, recebo olhares de todos. Principalmente porque meus chinelos estão batendo no chão encerado e não faço nenhuma tentativa de acalmá-los. Além disso, porque tenho certeza que Sawyer agora está correndo atrás de mim para me alcançar.

Posso senti-lo se aproximar. Seu cheiro se infiltra em meus sentidos. Seus dedos macios — que não são nem um pouco masculinos, além de seu tamanho — seguram meu pulso, me parando no meio do caminho. Meu coração palpita ao seu toque. Aperto minhas coxas juntas, lembrando como era tê-lo entre elas.

— Ei — chama, me soltando. Viro para encará-lo, curiosa sobre como será esse pedido de desculpas. Ele vai me convidar para almoçar para compensar a rejeição da minha oferta? Criará uma tensão tão forte entre nós que precisará me levar para seu quarto de hotel para a segunda rodada? Ele olha para a esquerda, depois para a direita, enquanto lambo meus lábios em antecipação, me odiando por pensar em dormir com esse cara novamente depois do que ele disse sobre mim. Mas, meu corpo é uma vaca falsiane. — Você... você sabe onde ficam os banheiros deste lugar?

Minhas sobrancelhas disparam para a minha testa enquanto meus ombros caem e minha cabeça se inclina para o lado. Ele está falando sério?

— O banheiro?

— Este lugar é enorme e eu não consigo...

Solto um bufo exasperado, interrompendo-o no meio da frase. Voltando-me, continuo pisando com meus chinelos no chão.

— Com licença, senhora — diz a recepcionista quando passo por ela e paro no elevador, apertando o botão para subir. — Senhora — repete, seguindo apressadamente atrás de mim. Ela para ao meu lado, onde estou com os braços cruzados sobre o peito. — Com licença. Você precisa de um crachá para usar o elevador.

Eu olho além dela e percebo que Sawyer se foi. Bom! Esse cara precisa ficar longe de mim. Mais importante, preciso ficar longe dele.

— Sou Mira, filha de Floyd Glasson. Estarei trabalhando em seu escritório nos próximos dias. Por favor, mantenha isso em segredo — peço, em um tom abafado.

— Ah, Mira. É tão bom finalmente conhecê-la. Seu pai disse que você estaria por perto. Não se preocupe, querida, meus lábios estão selados.

— Obrigada. — Sorrio educadamente. Ela volta para a mesa quando as portas do elevador se abrem e eu entro.

Uma vez que fecham, minha cabeça cai para trás. Olho para mim mesma no teto espelhado. *O que diabos estou fazendo? Por que estou aqui?*

É improvável que Layla dê uma chance aos meus designs, quanto mais usá-los de fato. Vai doer um pouco, mas também sei que contratam profissionais para essas coisas. Eles têm uma equipe incrível de designers e especialistas em marketing. Pessoas que passaram anos estudando e trabalharam para grandes corporações — ainda maiores que a Glasson. Layla veio da Apple e fez parte do lançamento do primeiro iPhone. Aqui estou eu, uma artista derrotada, que surgiu do nada e decidiu que queria trabalhar. Eu sou uma piada para todos que me conhecem.

O elevador apita no oitavo andar e as portas se abrem. Eu me recomponho e saio.

— Você deve estar brincando comigo. — Nego com a cabeça, passando direto por Lance e a expressão azeda em seu rosto.

Ele segue atrás de mim enquanto volto para o escritório do meu pai.

— Você está se precipitando, Mira. Apenas deixe pra lá. — Suas palavras cortam profundamente. Não sei por que, mas as palavras de Lance sempre o fazem. Não só porque estão sempre carregadas de insultos e passivo-agressividade, mas também porque ele é meu irmão mais velho e, por mais que eu tente, nunca serei boa em nada aos seus olhos. Ele se apega ao passado com tanta força que nunca vai esquecer os erros que cometi.

Puxo a maçaneta em forma de U da porta de vidro temperado, nem mesmo me preocupando em mantê-la aberta para Lance.

— Você pode estar certo. Provavelmente estou me precipitando. —

NOVATO IMPLACÁVEL 37

Uma vez que estamos dentro, minhas mãos espalmam meus quadris. — Mas quer saber? Eu tenho que pelo menos tentar. Meu pai precisa de mim.

Lance caminha até a mesa do meu pai atrás de mim e começa a pegar e colocar os papéis na mesa, sem deixar as rugas de sua testa desaparecerem. Ele apenas mantém o olhar de desprezo em seu rosto, aquele só se desfaz quando ele está com sua esposa.

— O que meu pai precisa é que você fique quieta. Mantenha-se longe de problemas e longe de Glasson. A última coisa que ele precisa é que você estrague este lançamento ou chame atenção indesejada para a família.

Meus lábios se pressionam em uma linha fina. Engulo as palavras que quero gritar com ele, porque, por mais que eu odeie isso, ele está certo. Ou, pelo menos, estava certo. A antiga eu provavelmente faria exatamente isso, não se importando com as repercussões de suas ações.

— Você está certo, Lance. Ele não precisa de nada disso. E é exatamente por isso que estou levando essa história a sério.

— Sério? — Ele ri, sarcástico e forçado. — É assim que você chama isso? — Ele segura um pedaço de papel branco de oito por onze no qual eu estava desenhando antes. Não é o projeto que pretendo apresentar a Layla. Na verdade, não tem nada a ver com Glasson.

Caminho até ele e arranco o papel de sua mão.

— Me dê isso! — Empilho todos os desenhos e designs de volta em uma pilha e os abraço contra o peito. — Só porque eu sonho acordada e desenho coisas aleatórias não significa que sou incapaz de trabalhar duro ou criar algo digno de uso desta empresa.

— É disso que você acha que o meu pai precisa? Que você se sente no escritório dele e rabisque fotos de vestidos? — Sua cabeça balança em completo desapontamento e o gesto dói. — Ouça, Mira. Você quer ser designer de moda... ótimo. Quer se sentar em um estúdio em Provença e desenhar o pôr do sol... melhor ainda. Mas não venha aqui e desperdice nosso tempo. Estamos administrando um negócio. — Seu olhar sério se fixa no meu enquanto ele passa por mim. Engulo em seco, lutando contra a vontade de chorar.

O caso, junto com meu coração partido, doeu como o inferno. O arrependimento após o casamento de Lance foi doloroso. Mas nada dói mais do que a maneira como minha família olha para mim.

CAPÍTULO SEIS

SAWYER

Como vou trabalhar com essa garota? Arriscar esbarrar nela diariamente? Ela vai querer coisas que não posso dar. Vai começar como uma amizade, mas não será o suficiente. O jantar se transformará em madrugada. As madrugadas se transformarão em noites inteiras. Café da manhã na cama. Eu vou desistir. Não importa o que meu coração me diga para não fazer, eu farei, porque sei como as noites são solitárias. Porque sinto falta de dividir minha cama com alguém. Mas não é só de outra mulher que sinto falta, é da minha esposa.

Jogo-me na cadeira da sala de reunião onde outro vídeo está passando. Desta vez, é o próprio senhor Glasson na tela. O ambiente está escuro e a única luz vem da tela projetada na parede. Há uma garota atrás de mim mascando chiclete e eu adoraria me virar e pedir a ela para cuspir, porque o som está me deixando maluco, mas não faço isso.

Tive que me forçar a fazer tantas coisas na vida que posso facilmente lidar com seu hábito irritante.

Não vou largar este trabalho. Vou continuar trabalhando até encontrar algo que pague mais, embora o salário aqui seja bastante substancial. Posso viver confortavelmente com isso por um tempo. Deus sabe que não estou tirando um centavo da minha família. Fui envergonhado e menosprezado no momento em que mais precisava deles. A única pessoa com quem me importo em conversar é minha irmã. É uma loucura como duas pessoas tão frias podem criar alguém tão doce e carinhosa — minha irmã, quero dizer. Certamente não eu. Posso não ser tão insensível quanto meus pais, mas herdei a teimosia deles. Pelo menos vou admitir isso.

Olhe para esse cara na tela. Falando sobre como sua vida é perfeita. Dizendo que seus filhos são o mundo dele e que construiu esta empresa para eles. Este vídeo deve ter sido feito antes de seu filho começar a trabalhar aqui e se transformar em um pau no cu. Ou antes de sua filha arruinar uma família por um caso.

Eu sou muitas coisas, mas sempre assumo meu lado ruim. Não finjo ser alguém que não sou e, pessoalmente, não suporto pessoas que fingem.

Por fim, o vídeo termina e somos dispensados para o almoço. Opto pela lanchonete e pego um sanduíche de presunto com trigo e uma garrafa de água. Claro, é a água da marca Glasson. Assim que me sento em uma mesa vazia no refeitório, abro a tampa e tomo um gole. Admito que a água é refrescante e limpa. Eles têm garrafas de boa qualidade e os designs estão no ponto. Não é surpresa que esta empresa se saia tão bem. Se não fosse pelo fato de não ser um fã da alta administração, eu poderia ficar por aqui. Talvez suba na escada corporativa. Mia disse que ela é apenas uma temporária, então não ficará aqui permanentemente. Se eu conseguir passar por seu contrato de curto prazo evitando-a, pode não ser tão ruim aqui.

Jogo meu lixo na lata perto da porta e saio do refeitório. Pelo lado positivo, o dia está na metade. Estamos fazendo turnos de treinamento de oito horas esta semana, o que é uma boa maneira de voltar ao mercado de trabalho. Definitivamente supera as doze horas diárias que eu costumava trabalhar. No entanto, não posso deixar de me sentir como um jovenzinho recém-saído do ensino médio, fazendo esse lixo de treinamento e esses turnos curtos. Tenho vinte e nove anos e deveria ter uma carreira estabelecida neste momento da vida. Deveria ter filhos. Uma esposa. Um lar. Em vez disso, estou morando em um hotel até encontrar um lugar para alugar e me alimentando de "comida pra levar" todas as noites. Sou o solteiro comum. Mesmo que não seja o que eu quero. Eu daria qualquer coisa para recuperar o que tive — minha vida, minha casa, minha cama. Senti-la em meus braços todas as noites. Mesmo no final, ela ainda se encaixava perfeitamente neles.

Meu coração dói. A raiva implora lentamente para assumir o controle, mas não deixo. Eu a afasto e volto para a sala de reuniões.

Sentando-me no mesmo lugar que ocupei a manhã toda, pego meu telefone. Tem uma nova mensagem do meu pai que apago sem ler. Já sei que vai dizer algo como "deixe de ser um idiota teimoso e volte para onde você pertence". Nada que alguém diga jamais me fará voltar lá. Posso ter trazido minha miséria para cá comigo, mas pelo menos estou livre para fazer minhas próprias escolhas agora.

Prefiro ser pobre e feliz do que rico e miserável. Coisas materialistas são apenas isso, coisas. Não preciso deles. Só preciso de um lugar para dormir, comida e um novo começo.

Taylor está forte em minha mente enquanto saio da sala de treinamento. Não é nada novo, mas, conforme os dias se transformam em semanas e semanas em meses, ela começa a se distanciar cada vez mais. Está chegando ao ponto em que ela entra e sai em questão de minutos, em vez de viver ali vinte e quatro horas por dia e sete dias por semana.

Desde a manhã em que acordei com Mia no meu quarto, a culpa por sentir algo por outra mulher sentou-se no meu peito como um elefante. Não era nem o sexo ou o corpo dela encostado ao meu enquanto dormia pacificamente. Foi minutos antes de ela sair pela porta. Eu a observei procurando suas roupas no quarto, sem saber que eu estava acordado. A urgência em seus movimentos, o olhar em seu rosto antes de sair. Aquela breve pausa que disparou raios de eletricidade em minha consciência. Eu estava ciente — vulnerável e completamente aberto.

A culpa também pode ser atribuída ao fato de não ter parado de pensar em Mia desde aquela manhã. Nunca deveria haver nenhuma mulher que me fizesse sentir outras coisas além da luxúria.

Eu nunca poderia imaginar que nos cruzaríamos novamente. Agora, gostaria que nunca tivéssemos nos cruzado.

Perdido em pensamentos, bato direto em alguém — ou melhor, alguém bate em mim. Digitando no telefone, a mulher levanta a cabeça.

— Desculpe — diz, antes de olhar para o telefone. Até que olha de novo. — Sawyer. Oi. — Olhos suaves brilham nos meus e odeio a sensação de ela quase ver minha alma com apenas um olhar. Odeio o jeito que essa garota me faz sentir.

— Sabe, se você guardasse essa coisa enquanto caminha, não esbarraria em estranhos.

Ela desliga o telefone e o coloca na bolsa — uma bolsa muito bonita. Que parece ter custado uma pequena fortuna.

— Estranhos, hein? Ainda estamos usando esse título?

— Acho que provavelmente é melhor. Não é?

Seus ombros sobem e descem enquanto ela segura a alça da bolsa com as duas mãos, segurando-a bem perto.

— Você provavelmente está certo. Precisamos apenas fingir que a outra noite nunca aconteceu. Talvez um dia possamos recomeçar. Quem sabe

NOVATO IMPLACÁVEL

como amigos? — Há uma suavidade em suas palavras, muito longe da garota confiante e franca que encontrei antes. A que me convidou para almoçar e questionou minha rejeição à oferta.

Mas, amigos? Não tenho certeza se algum dia poderei ser amigo dela. Não tenho certeza se consigo ficar tão perto dela por muito mais tempo, sem despi-la com os olhos e passar os lábios pela marquinha de nascença em seu ombro.

Como ainda me lembro desse detalhe insignificante é espantoso. Eu não deveria saber nada sobre ela.

— Sim. Talvez — respondo, contra o meu melhor julgamento, sabendo que *nunca* seremos amigos.

Seus lábios se abrem e um sorriso cresce em seu rosto.

— Vejo você por aí, Sawyer.

— Sim. Até mais.

Ela sai pela porta giratória, deixando-me aqui questionando tudo o que prometi a mim mesmo. Tudo o que prometi a Taylor antes que ela desse seu último suspiro.

CAPÍTULO SETE

MIRA

Hoje foi um dia para entrar para a história. Encontrar Sawyer — três vezes — não foi previsto, mas pareço nunca deixar de me colocar em situações tensas. Portanto, não estou surpresa por estar sentada sozinha no Tito's. O mesmo lugar em que conheci Sawyer, e também o mesmo prédio do hotel em que passei a noite com ele.

Não tenho certeza do que me trouxe aqui. Foi uma decisão espontânea. Tento evitá-las, porque sempre acabo em apuros. Com a chance de ver Sawyer aqui, decidi vir. Ele pintou esse quadro sombrio de mim e tenho que pelo menos tentar corrigi-lo. Também pode ser que eu não tenha parado de pensar nele desde que apareceu no escritório do meu pai. Sawyer preenche todos os meus requisitos. Ele é bonito, misterioso e está jogando meu jogo favorito — se fazendo de difícil. Sem mencionar que seu cheiro é o de um anúncio de perfume na *Vogue*.

O lugar é mais movimentado do que o normal para uma quarta-feira à noite, então optei por sentar no pátio dos fundos. Há uma vista deslumbrante da orla e também uma entrada para o hotel. Sei com certeza que a sessão de treinamento não termina até as seis. Supondo que ele ainda esteja aqui, deve chegar a qualquer momento. Terá que passar pelo pátio onde estou sentada no final. Nesse ponto, darei a ele mais uma chance — desta vez, jantar.

— Comendo sozinha, é? — Uma voz vem de trás de mim. Uma voz que alarma cada célula do meu corpo. E que eu reconheceria em qualquer lugar.

Minha cabeça se move rapidamente, encontrando seu olhar.

— O que diabos você quer?

— Ah, vamos lá. Isso é jeito de falar com seu ex-noivo?

Meu estômago revira com suas palavras.

— Ter um noivo exigiria um pedido real. Algo que nunca recebi. E mesmo que tivesse recebido, minha resposta teria sido não. — Viro-me e tomo um gole da minha margarita, passando a ponta da língua nas gotas de sal na borda.

O ar reprimido escapa dos meus pulmões ao som da cadeira ao meu lado raspando no concreto. É o suficiente para fazer minha pele arrepiar, porque significa que Niles está ficando confortável. O garçom passa e ele levanta um dedo, chamando-o.

— Não! — cuspo. — Não pedi para você se juntar a mim. Na verdade, estou me encontrando com alguém, então se você não se importa... dê o fora. — Meus olhos rolam dele de volta para a minha bebida. Tomo outro gole, deixando todo o líquido do copo rolar pela minha garganta. Assim que sai, deslizo-o para o meio da mesa.

O garçom se aproxima com uma bandeja vazia na mão.

— Sim, senhor. O que eu posso fazer por você?

— O que quer que ela esteja bebendo. Traga dois — Niles retruca, com uma agressividade por trás de seu tom. Ele é tão mal-humorado, rude e simplesmente um idiota. Todo o seu corpo se vira para mim, seus joelhos batendo na minha coxa. É quando ele coloca a mão sobre a minha, que está apoiada na mesa, que eu a perco a cabeça.

Afastando a mão com fúria, olho-o bem nos olhos e pronuncio cada palavra.

— Não. Toque. Em. Mim. Porra.

Isso mal o incomoda, o que me irrita ainda mais. Ele sorri, gostando do fato de estar me perturbando.

— Tsc. Desde quando eles permitem que garotas tão bonitas tenham bocas tão sujas?

— Desde que homens sujos tentam arruinar sua reputação quando a garota bonita não quer se casar com ele.

Niles afunda para trás em seu assento, deixando as pernas abertas.

— Você ainda está nisso? Já lhe disse mil vezes, não tive nada a ver com revelar seu caso.

— Mentiroso.

— Você pode me chamar de mentiroso o quanto quiser, raio de sol, mas até que você tenha uma prova, terá que acreditar na minha palavra.

— Nunca mais vou acreditar em nada do que você diz. — O garçom volta com nossas bebidas e eu tomo um gole, espiando por cima da borda do copo. *Ah, não.* Meu coração afunda no estômago quando vejo Sawyer subindo. Ele não pode me ver aqui. Se vier falar comigo agora, meu disfarce será descoberto. Ele saberá que não sou Mia Bluff, mas ninguém menos que a garota que ele despreza, Mira Glasson.

Niles coloca a mão na minha perna e, em vez de pará-lo, viro todo o meu corpo para ele, precisando esconder meu rosto.

— Vamos apenas nos beijar e fazer as pazes. Case-se comigo, Mira. As empresas vão se fundir e minha família vai cuidar de tudo quando seu pai morrer. Você e Lance ainda vão conseguir tudo o que foi prometido, ainda mais.

— Nunca. Eu nunca vou me casar com você e certamente nunca vou te amar. — Cerro os dentes, lutando contra a vontade de esbofeteá-lo. Como ele ousa mencionar uma época em que meu pai vai embora? Claro, é inevitável, mas isso não é da conta dele.

— Não se trata de amor, Mira, são negócios.

Um olhar por cima do meu ombro confirma que Sawyer se foi e que posso finalmente me livrar desse idiota arrogante. Sem nem terminar minha bebida, empurro a cadeira para trás, endireito meu vestido de verão e me viro para ir embora. Não me atrevo a dar uma segunda olhada nele, porque então o crápula vai começar a falar de novo ou, pior ainda, me seguir.

Tanto pelo jantar, quanto pela chance de falar com Sawyer. Niles Tanner adora arruinar meus planos. E, mais uma vez, ele conseguiu.

Passo pela área de jantar até a estação dos garçons e solicito minha conta. Batendo meus dedos na barra de madeira, espero impacientemente que a anfitriã volte. Estou completamente pega de surpresa, mais uma vez, quando vejo Sawyer caminhando até o bar.

— Mia? — Sawyer diz meu nome, em tom de questionamento. — O que você está fazendo aqui?

Ele não está mais usando o terno de antes. Em vez disso, veste um short de ginástica e uma camiseta e tenho certeza que meu queixo está tocando meus pés. Meu Deus, esse cara poderia ser mais lindo? Ele tem bíceps protuberantes que ameaçam rasgar a pele, abdômen que espreita através do fino tecido branco de sua camisa e pernas tonificadas que parecem ter corrido por vários dias seguidos. Tudo em seu corpo inflama cada célula do meu.

— Eu... hm... — lambo meus lábios, pegando minha linha de pensamento — só vim para uma bebida rápida. Você desceu para jantar? — Não consigo imaginar que ele tenha, já que parece estar pronto para correr ou para a academia.

— Na verdade, eu estava indo fazer uma corrida e te vi entrando pelo pátio dos fundos. Você está aqui sozinha? — Seus olhos varrem a sala como se esperassem que alguém se juntasse a mim.

Felizmente, ele não me viu com Niles.

— Sim. Na verdade, venho aqui com frequência… sozinha. — É uma meia-mentira. A outra noite foi minha primeira vez aqui em mais de um ano, e nunca vim sozinha.

— Raio de sol — Niles chama, respirando nas minhas costas. Meu corpo endurece. Meu coração galopando no peito. — Deixe-me cuidar disso.

Eu olho para Sawyer, que me dá um aceno sutil.

— Vocês dois tenham uma boa-noite.

E ele se foi.

E estou a um segundo de mostrar a Niles o quanto o odeio. O apelido estúpido que ele me deu quando eu tinha apenas dezessete anos. Seu visual de menino bonito. Pernas finas e cabelos perfeitamente repartidos. Ele é o homem menos atraente que já conheci, e não só por causa de sua aparência, mas por causa de sua personalidade. Ele se comporta como se as mulheres devessem se curvar a ele e beijar seus pés de pedicure.

— Não, você não vai. Porque não vou te dever nada. Eu pago minha própria bebida. Muito obrigada. — Dou-lhe as costas e tento muito fingir que ele ainda não está respirando no meu pescoço. Mesmo quando seu nariz toca a linha do meu cabelo e o ouço inalar de forma audível.

— Você tem um cheiro delicioso, raio de sol.

Bleh.

— É baunilha e lavanda. Você escolheu este por mim? Sabe o quanto eu amo o cheiro de baunilha?

Meus olhos rolam enquanto engulo a bile subindo pela garganta.

— Vá embora. — Não tenho certeza de quanto mais clara posso ser. Não tenho certeza se ele vai entender a dica, no entanto. Isso vem acontecendo desde que eu estava no ensino médio; quando a Tanner Enterprises abordou meu pai pela primeira vez com uma oferta para fundir as empresas.

Dedos frios deslizam pelo meu pescoço, tirando meu cabelo do caminho. Seus lábios dançam sobre o lóbulo da minha orelha.

— Não até você me dizer quem era aquele cara. Era quem você veio encontrar aqui? Eu o assustei?

Já deu.

Eu me viro, com um sorriso maroto no rosto. Com os olhos brilhando nos dele, eu levanto meu joelho, levando-o direto para suas bolas.

— Vá se foder — sussurro em seu ouvido. A recepcionista volta, entregando-me a conta. — Obrigada. — Eu o pego antes de enfiá-la no peito de Niles. — Obrigada pela bebida.

Estou no meio do quarteirão e pronta para enviar uma mensagem de texto para Stewart — avisando que estou pronta para ele me buscar — quando alguém agarra meu braço por trás. Minha resposta de lutar ou fugir entra em ação e escolho lutar. Viro-me, pronta para dar uma joelhada nas bolas de outro cara, quando Niles me agarra com mais força e força, me empurrando contra o prédio.

— Ouça, raio de sol. Podemos fazer isso da maneira mais difícil ou da maneira mais fácil. Se eu fosse você, escolheria a mais fácil. De uma forma ou de outra, vamos fundir nossas empresas. Vamos poupar a todos alguns problemas e nos casar, antes que eu vá atrás de sua mãe viúva quando seu velho chutar o balde.

Eu riria na cara dele, mas Niles está falando sério. Não duvidaria que ele tentasse seduzir minha mãe. Mal sabe ele que ela ganha uma pequena fortuna quando meu pai falecer, mas Lance e eu temos todo o controle sobre Glasson. Não que isso importe de qualquer maneira. Minha mãe nunca perderia seu tempo com esta bola de cocô.

— Dê o seu melhor, Niles. Ela vai te descartar mais rápido do que eu. Aceite, você perdeu. Nós ganhamos. — Dando um empurrão rápido, eu me liberto de seu aperto.

— Então acho que temos que fazer isso da maneira mais difícil. Desfrute da sua privacidade. Está tudo chegando ao fim.

Ele foi longe demais desta vez. Pela primeira vez em muito tempo, Niles incutiu medo dentro de mim. Ele cumprirá sua palavra. Vai expor minha identidade e fará tudo ao seu alcance para destruir Glasson se não unirmos forças com ele.

CAPÍTULO OITO

SAWYER

Tire-a da cabeça.
Inspire profundamente. Expire profundamente.
Aumento meu ritmo, correndo mais rápido pelo beco, "Alive", do Pearl Jam, tocando em meus fones de ouvido.

Quem é aquele cara com quem ela estava? Deve ser o namorado dela, ou pelo menos um encontro. Ele a chamou de "raio de sol" e cuidou da conta. Definitivamente um encontro.

Estou correndo a todo vapor, o suor escorrendo pelas minhas costas por baixo da camisa, quando um gato preto cruza meu caminho. Levanto o joelho e pulo sobre ele, que sibila para mim, o cabelo nas costas espetado como um porco-espinho.

— Foi você quem tentou me fazer tropeçar — sibilo de volta para o animal.

Viro à direita no final do beco para poder dar a volta no estacionamento do hotel. Sei que ela já se foi há muito tempo, mas, correndo o risco de esbarrar com ela e seu amante de novo, pego a entrada da garagem. Deveria ter ido correr no cais e ter uma vista melhor, mas está cheio de turistas agora. É primeiro de julho e eles têm fogos de artifício todas as noites até depois do dia quatro. Talvez eu vá assistir a um show esta semana. Talvez Mia queira ir. O que estou pensando? Convidá-la para sair faria de mim um hipócrita e também iria contra tudo o que prometi a mim mesmo. Ela foi minha por uma noite, nada mais. Nada mudou.

Ela estava linda demais hoje naquele vestido bonitinho. Fica ainda melhor em suas roupas de ginástica sem toda aquela maquiagem. Prefiro o look natural, cai bem nela. Embora, tenho certeza que ela discordaria — a maioria das garotas discorda.

Por que diabos ainda estou pensando nela?
Sinto muito, Taylor.
Porra. Talvez eu só precise transar com outra pessoa para que a boceta

dela não seja a última em minha memória. Ou talvez eu deva apenas descartar as mulheres de uma vez. Pelo menos por enquanto. Desde que perdi Taylor, tentei tanto manter as memórias com ela, mas agora as substituí por novas — não apenas o sexo, mas a imagem de seu lindo rosto em minha cabeça. Até Mia, o rosto de Taylor era o único que eu via quando fechava os olhos.

Vou direto para o meu quarto, desesperado para aliviar um pouco da tensão acumulada em meu pau. Ignorando casais alegres, crianças choronas e um grupo de mulheres com crachás que devem estar saindo de algum tipo de convenção realizada no hotel, olho para trás por cima do ombro quando passo. Elas provavelmente estão na casa dos cinquenta, mas, com permissão, eu ficaria feliz em pegar qualquer uma delas apenas para tirar Mia da cabeça. Aquela memória não vai durar, como acontece com essa garota que ainda é apenas uma estranha.

Aumento o ritmo até que estar andando rapidamente, suando mais agora do que na minha corrida. Aperto o botão do elevador várias vezes, precisando entrar no meu quarto e me afastar do barulho — me afastar das pessoas.

— Vamos — murmuro baixinho, meu coração batendo forte no peito, a ansiedade que sinto diariamente por dois anos se fazendo presente.

As portas do elevador se abrem e ele está lotado. O hotel está com capacidade completa por causa do próximo feriado e dos eventos que acontecem na cidade. Enfiando-me entre dois adolescentes que tem cheiro de suor com desodorante barato, lembro a mim mesmo que isso é temporário. A estadia no hotel, a abundância de turistas e o trabalho.

A subida é sufocante. As respirações que atingem meus braços nus parecem mil aranhazinhas rastejando em minha pele.

Nós paramos — três pessoas saem. Então estamos nos movendo novamente.

Outra parada — mais duas pessoas saindo. Mais um casal entrando.

Por fim, chegamos ao sexto andar, de onde saio, mas não antes de tropeçar na pasta de alguém à minha frente. Felizmente, apoio-me de minha queda sobre a esposa do homem, sem querer segurando seu seio macio. Olho feio por cima do ombro, para o idiota que colocou isso lá.

A vida está me dando uma porrada de limões ultimamente e estou me esforçando pra caramba para não ficar chateado com isso.

Com pressa, vou direto para o meu quarto, pronto para que todo o

NOVATO IMPLACÁVEL

barulho da agitação da vida diminua. Mesmo que os pensamentos na minha cabeça continuem a gritar mais alto do que qualquer criança ou idiota bêbado que eu possa encontrar.

Assim que estou no meu quarto, tiro os sapatos e as meias, deixando-as cair aos meus pés. Respiro fundo, enchendo meus pulmões, finalmente tendo um momento de paz. Uma vez que minha cabeça começa a clarear um pouco, vou até o minibar, desejando que meus pensamentos clareiem ainda mais. Eu não quero sentir. Não quero pensar.

Sirvo uma dose de uísque e tomo de um só gole. Sirvo de outro e deixo descansar no bar, tirando minhas roupas de ginástica. Com cada peça de roupa que cai, eu me delicio com a queimação que se instala em meu estômago por causa da bebida. Estou completamente nu, com as cortinas da porta de correr escancaradas, mas ninguém consegue ver até aqui, então isso nem me incomoda.

Passos lentos me levam até a cômoda que ainda não enchi com minhas roupas que ainda estão embaladas na mala. Abro a gaveta e pego a calcinha de seda rosa — a calcinha de Mia. Ela saiu naquela manhã com uma montanha de remorsos, tenho certeza, e uma bunda nua. Não que essas coisas a cubram, de qualquer maneira. Meu dedo indicador patina até o fio dental e o levanto até o rosto, inalando o doce aroma de sua boceta. Ela estava tão molhada naquela noite.

Arrependida ou não, ela queria, e tenho certeza de que abriria as pernas para mim novamente se tivesse a chance. Vejo o jeito como olha, e é exatamente por isso que não posso transar com ela novamente. Só complicaria ainda mais as coisas. Porque tenho certeza de que ela também percebe o jeito como olho para ela. Mesmo que eu mantenha nossos encontros curtos e tente me afastar o mais rápido possível toda vez que nos encontrarmos, não há como ela não perceber a maneira que meu corpo fica tenso e meus dedos se contorcem em sua presença.

Caminhando de volta para a cama, deslizo até minhas costas baterem na cabeceira. Minhas pernas se abrem para que minhas bolas não fiquem grudadas nas coxas suadas. A calcinha de Mia cai para o meu lado e pego o frasco de loção na mesa de cabeceira ao lado da cama.

Um aperto na minha mão e deixo cair para o outro lado. Minhas mãos esfregam o líquido frio para cima e para baixo em meu eixo antes de agarrá-lo com mais força e acariciá-lo em um movimento rítmico. Descansando a cabeça para trás, fecho os olhos e imagino a boca rosada, carnuda e sedutora de Mia em volta de mim. Seus olhos de corça me encarando, sua própria excitação se acumulando entre as pernas. Eu a viraria de costas, abriria as pernas e lamberia sua boceta até ela gritar meu nome.

Acaricio mais rápido, o calor irradiando através de mim. Ela ainda está na minha cabeça, como um pornô passando repetidamente. Eu a observo. Seu rosto, a testa enrugando antes de ela esguichar nos meus dedos. Sua boca formando um O e ela gritando de prazer. A maneira como ela morde o lábio, ou como seus mamilos endurecem e ameaçam romper o tecido de seu lindo vestidinho.

— Foda-se — murmuro, abrindo os olhos e observando minha mão deslizar para cima e para baixo na minha ereção.

Assim que ela gozasse, eu enfiaria meu pau em sua boca. Tocando suas amígdalas, seus dedos massageando minhas bolas inchadas. Eu iria emaranhar os dedos nas mechas de seu cabelo e puxar sua cabeça ligeiramente para trás, a forçando a me assistir foder sua boca.

Bombeio meu pau mais rápido. Mais forte. Meus quadris sobem e descem, e me imagino esguichando em sua garganta apertada.

Meus olhos se abrem e me encho com uma necessidade insaciável de alívio. Meu corpo inteiro formigando com o êxtase correndo por mim. Minha respiração falha, o esperma caindo por toda a minha mão. Dou mais alguns golpes antes de minha cabeça cair para trás na cabeceira da cama.

Ela ficou confortável nesta cama uma vez, e agora está fazendo morada dentro da minha cabeça. Infelizmente, não tenho certeza se há espaço para ela.

CAPÍTULO NOVE

MIRA

Meus nervos parecem estar envoltos em uma bola de arame farpado quando me aproximo da mesa da assistente de Layla, fora de seu escritório. Meu estômago ronca, lembrando-me que pulei o café da manhã. Não tenho certeza se a tontura que sinto é atribuída a isso ou a compartilhar meus designs com alguém que tem a capacidade de erguer ou destruir meus planos aqui no Glasson. Layla sabe quem eu sou, e não dá a mínima. Ela é toda profissional e não faz favores para ninguém.

— Bom dia — diz sua assistente de olhos brilhantes, colocando o café de volta no descanso sobre a mesa de carvalho. — Posso ajudar?

Engulo a saliva que se acumula na minha boca.

— Sim. Tenho uma reunião marcada com a senhorita Ames às nove horas.

— Ah, Mira. É um prazer finalmente conhecê-la. Pode se sentar e aviso a ela que você está aqui.

Com um aceno de cabeça, vou até uma das duas cadeiras almofadadas alinhadas contra a parede. Coloco minha pasta no colo e abro, dando uma última olhada nos desenhos antes de compartilhá-los. Meus joelhos tremem, fazendo com que a pasta caia no meu colo. Coloco a mão sobre ele para parar o tremor, tentando esconder meu nervosismo. Não tenho certeza se já estive tão ansiosa em toda a minha vida. Meus designs sempre foram algo que guardei para mim. Estou realmente saindo da minha zona de conforto e totalmente vulnerável. Parte de mim quer simplesmente ir embora antes de enfrentar a rejeição.

Meus desenhos me olham de volta. Se pudesse fazer uma careta, provavelmente seria uma carranca. Se pudesse falar, gritaria comigo que *não está terminado* ou que *algo está faltando*. É verdade. Algo está definitivamente faltando. Não parece completo e estou com vergonha de compartilhar isso com Layla. Talvez Lance esteja certo. Talvez eu devesse continuar a desenhar o pôr do sol e roupas.

— Mira — diz Layla, de pé diretamente sobre mim. Eu nem sabia que ela estava aqui. Levanto a cabeça e faço contato visual com ela. — Se você estiver pronta. — Ela gesticula com a mão para seu escritório.

Fecho a pasta rapidamente, não querendo que ela veja o que está dentro. Como vou entregar esta pasta inteira para ela e fazer uma apresentação no projetor?

Minhas pernas vacilam quando me levanto. Meus joelhos parecem prestes a ceder. Meu corpo inteiro treme e meu coração sacode minhas costelas.

Sem dizer uma palavra, sigo atrás de Layla. Ela caminha graciosamente com a cabeça erguida, seus saltos clicando no piso laminado. Seu longo cabelo loiro fica perfeitamente na parte de trás de seu blazer cor de pêssego. Ela é linda, confiante e a décima nona mulher de negócios mais poderosa da América — é um fato.

Assim que entro, ela fecha a porta atrás de nós.

Layla se senta na mesa de reunião quadrada de quatro cadeiras no centro de seu escritório. Suas pernas se cruzam e ela abre um caderno pautado. Eu apenas fico lá olhando para ela, esperando por algum tipo de instrução sobre o que devo fazer a seguir. Esta não sou eu. Não sou uma mulher de negócios e tenho quase certeza de que isso está na minha cara agora.

Seus olhos encontram a pasta de papel pardo apertada contra o meu peito.

— Isso é para mim?

— Ah, sim. — Ok. Aí está a instrução de que preciso. Mas, eu congelo. Parada lá como um cervo ao ver os faróis. Dê a ela a maldita pasta, Mira.

Finalmente, meu corpo trabalha com meu cérebro e me estico sobre a mesa, entregando a ela a pasta.

— Posso? — Aceno em direção ao projetor na mesa, que aponta para a sólida parede branca.

— Claro. Use o que precisar. — Ela sorri, e quase parece se desculpar. — Não fique nervosa, querida. Somos apenas duas mulheres que querem o melhor para o design de Glasson. Veja dessa forma. — *Fácil para ela dizer.* Layla deve ter notado o tremor na minha mão ao tentar mexer no telefone, procurando a apresentação que preparei.

Depois de encontrá-lo, conecto o celular ao cabo USB conectado ao projetor. O primeiro slide aparece na tela e eu começo. Minha voz treme no início, mas tenho esperança de que vai diminuir no decorrer.

— Se você abrir a pasta, a primeira página mostra a marca de H2O Vitality. — Mantive simples, com a letra V em uma fonte grunge desenhada à mão na cor bege em todas as garrafas Glasson, com uma coroa dourada em cima dela. Uma das coisas que aprendi em minhas aulas de marketing é que *o simples vende*. Olho para o rosto dela em busca de uma reação, mas está em branco. Completa e totalmente em branco. Continuo: — A coroa lembra a sensação de ser rei. — Passo para o próximo slide. — O aumento de energia da H2O Vitality da Glasson fará com que você se sinta como se reinasse, consumindo ingredientes naturais, vitaminas e minerais, mas também obtendo aquele incentivo extra que você precisa para passar o dia. — O próximo slide mostra alguém se sentindo revigorado após um dia agitado. — Quando você for para casa depois de um dia agitado no escritório, sentirá que conseguiu o objetivo.

Layla levanta o rosto. Suas sobrancelhas mergulham em um V profundo enquanto ela me observa. Sua cabeça acena sutilmente, e presumo que seja a indicação dela para continuar. Passo para o próximo slide, examino o lema de Glasson e percebo que ela está ficando entediada.

Quando clico no botão para o próximo, Layla levanta um dedo.

— Eu realmente gosto de onde você quer chegar com isso, Mira. O design é incrível e o significado por trás dele está no ponto. No entanto, preciso que me diga como esse design faz com que o H2O Vitality se destaque em relação à concorrência. O que podemos oferecer que alguém como, digamos, a Tanner Enterprises não oferece com sua bebida energética?

Minha mente fica completamente em branco. Ingredientes naturais? Um V? Uma coroa? Não faço ideia.

— Quando seu pai me ligou e me pediu para dar uma olhada em suas ideias, fiquei em êxtase. A nossa Mira Glasson criaria um design para o novo lançamento. Eu só tinha que ver o que você inventaria. Vou ser completamente honesta, Mira. Eu gosto, mas não amo. O design é ótimo. Você definitivamente tem bom gosto para arte. — Seus cotovelos repousam sobre a mesa e as pontas dos dedos tamborilam à sua frente. — Mas, nada aqui grita vigor — seus olhos se iluminam — ou novo e excitante. Precisamos disso. Este lançamento precisa nos diferenciar de nossos concorrentes. Não é apenas sobre a marca, é sobre o produto em si.

Meu coração afunda. Eu falhei. Não ouço mais nada do que ela diz. Tudo o que posso ouvir são as palavras que se repetem na minha cabeça. *Eu falhei.*

— Sinto muito, querida. Com apenas uma semana até que tudo esteja pronto para ir para os fabricantes, acho que teremos que nos ater aos designs que nossa equipe criou. Mas, por favor, não deixe que isso a desencoraje. Existem muitas outras oportunidades aqui nas quais eu acho que você seria incrível. Na verdade, estamos relançando um novo design para a linha de água de nascente neste outono. Acabamos de contratar alguns novos funcionários e adoraria que você se juntasse a eles.

Minha cabeça acena como uma reação sem nenhum pensamento por trás disso.

— Isso seria ótimo — digo, nem mesmo certa se as palavras que saem da minha boca são minhas.

Layla empurra a cadeira para trás e se levanta, estendendo a pasta para mim.

— Realmente foi uma bela apresentação.

Eu sorrio gentilmente, pegando os pedaços fraturados do meu coração. Pego a pasta dela.

— Obrigada pelo seu tempo, Layla.

Sair do escritório parece muito com uma caminhada da vergonha. Só que não estou com nenhuma roupa faltando, cada fio do meu cabelo ainda está perfeitamente cacheado, meu batom permanece intacto, mas minha alma parece vazia. Eu me expus, coloquei tanto esforço nesses designs e na apresentação que pensei com certeza que ela consideraria usar pelo menos uma parte.

Passando pela lata de lixo nos elevadores, jogo a pasta lá dentro sem hesitar. Não sinto que poderia ser mais derrotada do que estou neste momento. Isto é, até que as portas do elevador se abrem e fico cara a cara com o homem incrivelmente bonito com quem passei uma única noite.

— Sawyer — cuspo, olhando para a esquerda e para a direita para ter certeza de que ninguém que me conhece vem andando.

Por mais arriscado que seja encontrar Sawyer o tempo todo, estou começando a gostar. Aquela adrenalina. O medo de me expor. Sem mencionar como meu corpo reage a ele. Coração batendo forte, palmas das mãos suando, coxas apertadas.

— Oi, Mia. O que você fazendo por essas bandas? — Ele se aproxima e me atrapalho com as mãos, sem saber o que dizer. Meu cérebro está derretido. Tudo em que consigo pensar é: *o que faço agora que meus planos foram cancelados?*

— Eu... hm... tive que deixar algo para a equipe de design para o meu... para o senhor Glasson. — Saio do meu transe e me recomponho.
— E você? Ainda não está em treinamento?

NOVATO IMPLACÁVEL 55

— Sim. Só vim atender um pedido meu novo chefe. Ele me pediu para trazer isso para Layla Ames. — Sawyer ergue uma pasta.

— Hum — murmuro. — Bem, ela está no escritório. Boa sorte.

— Obrigado. — Ele chega mais perto, sua respiração batendo no lóbulo da minha orelha. — Talvez eu possa convencê-la a ouvir algumas das minhas ideias. — Ele bufa, o que me leva a acreditar que é uma ilusão.

— Ah, é? E que ideias são essas? — Meus braços cruzam sobre o peito e olho para ele, curiosa sobre as ideias que ele tem para a empresa.

— Para começar, garrafas biodegradáveis. Glasson está um pouco atrasada. Todas as outras grandes empresas já estão farejando maneiras de usá-las. Alguns já começaram a produção e distribuição.

Hum. Isso não é ruim.

— O que mais?

— Rótulos biodegradáveis e não tóxicos. E, claro, uma logo na vibe da nossa geração. Glasson tem a mesma paleta básica de cores neutras. Eles precisam de algo brilhante e barulhento.

Ele tem razão. Por que não pensei nisso?

Apenas aceno com um sorriso falso estampado no rosto e pressiono o botão do elevador novamente.

Estou completamente fora do meu ambiente aqui. Preciso dar o fora daqui antes que eu perca minha cabeça completamente.

Preciso de uma bebida.

As portas do elevador se abrem e eu entro. Minha decepção está estampada em meu rosto enquanto Sawyer me olha confuso.

— Você está bem? — ele pergunta.

— Boa sorte, Sawyer. — As portas se fecham e mergulho em uma poça da minha miséria e lamentação.

Robby já está sentado em um banquinho no bar quando entro. Sei que é a terceira vez que venho aqui esta semana. Também estou bem ciente de que Sawyer ainda mora oito andares acima de mim, mas este era o meu cantinho antes de ele habitá-lo. Não estou completamente desencorajada pelo fato de que poderia esbarrar com ele, no entanto. Adoraria saber como foi a reunião com Layla. Então, de novo, provavelmente só vai me fazer sentir mais fracassada.

— Ei — saúdo, mal-humorada, e sento no banquinho ao lado dele. Largo minha pequena bolsa no bar e faço beicinho. — Eu me fodi.

— Você se fodeu? Mas foi... no trabalho? Na cama de alguém?

— *Me fodi* — enfatizo. — No design do novo lançamento do meu pai. Pensei em tentar ajudar. Parece que minha ajuda não é necessária. Layla, a chefe de design, descartou minhas ideias. — Dou de ombros antes de esfregar agressivamente minhas têmporas. Robby abre a boca para falar, mas eu o interrompo com a voz elevada. — Sabe. Dediquei muito tempo e esforço a esse design. Voltei para cá porque queria apoiar meu pai e seus negócios. Não queria apenas ser beneficiária dessa fortuna, queria fazer parte dela, mantendo-a viva. — Minhas mãos caem e minha voz se torna quase um sussurro. — Talvez eu devesse voltar para a Provença.

Viro-me para olhar para Robby, que está bebendo lentamente pelo canudo de seu daiquiri, absorvendo tudo o que estou jogando para ele. Ele toma um gole e coloca sua bebida no descanso de papel no bar.

— Bem, isso não soa como você nem um pouco.

— Claro que sim. Quando não corri por não ser desejada? A razão pela qual fui para Provença foi pelo caso.

Robby olha para mim sombriamente e coloca a mão sobre a minha.

— Isso é verdade, mas não era por você. Você partiu para proteger sua família. Olhe para si mesma. — Ele sorri, mudando de tom. — Você mudou totalmente desde que saiu. A velha Mira estaria dando voltas neste bar agora. Você *nunca* teria se sentado em uma mesa e tentado trabalhar em qualquer coisa. Aquela puta da Layla está fumando alguma coisa para não te aceitar. Você é a melhor artista que já conheci. — Ele estala a língua no céu da boca e joga o cabelo invisível sobre o ombro. Não posso deixar de rir.

Cara, eu senti falta dele. Robby é um bom amigo. Eu fui uma vadia por não manter mais contato com ele enquanto estava fora. Fiquei tão envergonhada de mim mesmo. Alguns dias, ainda não tenho certeza se estou pronta para enfrentar as pessoas que sabem — Lance está no topo dessa lista. Não falamos sobre isso desde que o caso foi exposto. Ele basicamente me disse que sou uma vergonha para a família.

É hora de uma miniconfissão, sabendo que Robby não vai me julgar. Tomo minha dose de tequila de um só gole, criando um pouco de coragem. Assim que coloco o copo na mesa, libero uma longa expiração.

— Talvez eu tenha feito algo que me torna o vilão da minha própria história.

— Ah, merda. De quem é o marido que você pegou desta vez? — Ele está brincando e eu sei disso, então bato em seu ombro de brincadeira.

— Idiota — provoco de volta. — Lembra a última vez que estivemos aqui e eu saí enquanto você estava no banheiro? — indago, e ele acena com a cabeça, puxando mais de sua bebida pelo canudo, então eu continuo: — Eu não fui embora. Pelo menos, não então. Saí na manhã seguinte.

Olhos arregalados me encaram e ele acena com a mão, precisando de detalhes enquanto continua a beber.

— Acabei subindo com o cara que estava me observando do outro lado do bar.

Suas sobrancelhas disparam para a testa e ele continua a puxar até que sua bebida acabe e o único som seja o sorver de seu canudo contra o fundo do copo.

Deixo cair meu rosto nas mãos e conto a ele o resto, não querendo ver sua expressão.

— Ele apareceu em Glasson alguns dias atrás e eu disse que era assistente temporário.

— Você o quê? — ele cospe, finalmente dizendo alguma coisa.

Descubro meu rosto e grito ao olhar para ele.

— Sim. Eu disse. Ele trabalha lá e o encontro todos os dias desde então. Também acho que tenho uma quedinha por ele. Mesmo que ele seja esse cara misterioso que não quer nada comigo.

Robby chama a baternder e pede outra bebida para ele e uma dose para mim, então volta toda a sua atenção para a nossa conversa.

— Só você, Mira. Só você. Como? Por quê? O quê?

— Na manhã seguinte à nossa... noite, eu estava fugindo e ele perguntou meu nome. Achei que nunca mais o veria, então apenas inventei um e fui embora. Como eu poderia saber que ele apareceria no escritório do meu pai como um novo contratado?

Robby enfia a ponta dos dedos nos olhos.

— Ok, então esse cara ainda está aqui? Eu preciso de detalhes. Ele é gostoso?

— Com licença, senhor. Você tem um namorado.

— Não para mim! Para você! Já é hora de você voltar ao jogo do namoro.

Nego com a cabeça.

— Nunca vai acontecer. Tudo o que eu já disse a esse cara é mentira. Além disso, ele odeia o nome Glasson. Só está trabalhando lá porque foi sua primeira oferta de trabalho na área. Eventualmente, ele vai embora. E sim, ele ainda está hospedado no hotel. — Meus olhos varrem a sala, o corpo tenso com a possibilidade de vê-lo a qualquer momento.

— Bem, estou um pouco chateado por você ter me trocado por um cara na outra noite, mas estou ainda mais chateado por não poder dar uma olhada nele para colocar meu selo de aprovação.

Eu rio.

— Não haverá necessidade de um selo de aprovação. Não há nada entre nós. Toda vez que o vejo, sinto que ele não consegue se afastar de mim rápido o suficiente. E você não me ouviu quando eu disse que ele odeia o nome Glasson?

Robby agradece à bartender e lhe dá uma nota de vinte quando ela traz sua bebida.

— Fique com o troco, querida. — Ele toma um gole. — Hmm, isso é bom. Luke e eu estamos com problemas de saúde e ele cagaria nas calças se me visse bebendo todo esse açúcar. — Coloca a bebida na mesa e enxuga as mãos úmidas na calça jeans. — Quem se importa com o que ele pensa sobre o nome Glasson? É só porque ele ainda não conhece sua família. Assim que conhecer, amará todos vocês tanto quanto qualquer outra pessoa que os conheça. Vamos, ele não pode ser burro o suficiente para acreditar em tudo que lê nos jornais.

Pego a outra dose que Robby pediu para mim e decido por algo mais leve.

— Posso pegar uma taça de vinho branco, por favor? — pergunto à bartender.

Estou olhando por cima do ombro de Robby quando o vejo. Cutuco a perna do meu amigo com meu joelho, um pouco forte demais. Sendo essa pessoa alheia que é, ele grita:

— Ei, por que você fez isso?

— Shh — sussurro. — Atrás de você — conto. Ele vai se virar, mas o agarro. Sawyer não me viu e não tenho certeza se quero que veja agora. A tequila deixou minha cabeça confusa e não tenho certeza se seria capaz de evitar dizer ou fazer algo de que pudesse me arrepender. — Sutileza, Robby. Seja sutil.

Robby boceja, estica os braços e se vira, como se estivesse esticando as costas. Ele gira de volta para mim rapidamente com a boca aberta.

— De jeito nenhum! Garota, ele é muito gostoso. Olhe para essas pernas. Hmm! E aquele queixo. — Ele morde o canto do lábio e se inclina

NOVATO IMPLACÁVEL 59

para frente, invadindo meu espaço. — Se eu fosse solteiro e ele fosse gay, eu estaria atacando como um tigre. — Ele levanta as mãos e imita um gato com garras.

Eu rio.

— Shh. Ele vai nos ouvir e olhar para cá.

— Espere. Qual o seu nome? O que você disse para ele? Se ele vier aqui, preciso conseguir acompanhar. A menos, é claro, que você esteja pronta para ser franca e honesta. Recomendo muito a honestidade. Não precisa de uma repetição do passado.

— Não! — bufo. — Não vou dizer a verdade. Ele nunca me perdoaria e definitivamente me odiaria. Ele não era tão gentil quando se tratava de Mira Glasson. Eu ainda estou encarando-o, ali parado nos banheiros, falando no celular e vestindo seu traje de corrida novamente. Embora pareça um short diferente e, desta vez, é uma camiseta cinza que abraça ainda mais seus braços deliciosos.

Robby estala os dedos na minha cara, roubando minha atenção.

— Nome. Rápido.

— Ai, certo. É Mia. — Minhas bochechas ficam rosadas. — Mia Bluff. — Pego minha taça de vinho e bebo metade dela. Piscinas de calor se formam na minha barriga.

Robby joga a cabeça para trás e ri muito alto. Ele ultrapassou o burburinho e está indo direto para o riso de bêbado. Não tenho certeza de quantos drinques ele tomou antes de eu chegar aqui, mas é o suficiente para a familiar risada estridente de Robby sair.

Quero estender a mão e beliscar sua perna para fazê-la parar, mas é tarde demais. Um olhar para Sawyer e nossos olhos se encontram. Algo chia no espaço entre nós. Ele ocupa o referido espaço e vem em nossa direção. Eu posso sentir o calor em cada passo. Meu coração dispara e minhas mãos começam a suar.

— Eu diria que estou surpreso, mas não. Você realmente vem sempre aqui, não é? — Ele sorri, mostrando seus dentes brancos. Quero passar a ponta da língua neles antes de seduzir sua boca com a minha.

Ah, merda. Acho que estou bêbada também.

— Robby, este é Sawyer. Sawyer, Robby. — Os caras trocam um aperto de mão e Robby começa a falar sobre Glasson. Agora, não quero apenas beliscá-lo, quero esbofeteá-lo. Ou até mesmo derrubá-lo. Porque Sawyer saberá que eu estava falando sobre ele para Robby. De que outra forma meu amigo saberia que Sawyer é um novo contratado da Glasson? Porra.

Tenho que interromper esta conversa antes que Robby estrague tudo.

— Vai dar uma corrida? — pergunto a Sawyer, antes de tomar outro gole do meu vinho. Desta vez, não engolindo em seco, mas parecendo um pouco mais elegante com a minha bebida. Não sei por que sinto que preciso impressionar esse cara de repente.

— Sim. Então, eu estava pensando em assistir ao show de fogos no píer mais tarde. É legal aqui?

— O melhor show de todos — enfatiza Robby. — Na verdade, Mir... Mia e eu estávamos planejando ver também. Você é bem-vindo para se juntar a nós. — Seu joelho cutuca o meu enquanto meu queixo estala de ranger os dentes com tanta força. Agora, não só quero beliscá-lo, mas sinto uma vontade repentina de matá-lo.

— Hum, claro. Por que não? — Sawyer responde com um encolher de ombros. Ele parece menos do que emocionado e isso só me faz sentir ainda mais humilhada.

Acho que não vai ser tão ruim. Pelo menos, Robby estará lá.

— Parece que temos um plano então.

— Ai, droga. — Robby pega seu telefone no bar e olha para ele. — Esqueci que Luke e eu temos planos para o jantar. Ele vem me pegar em cerca de cinco minutos. O tempo voa quando você está se divertindo. Mas, vocês dois vão e divirtam-se.

Sim. Eu vou matá-lo.

Sawyer olha para mim.

— Acho que somos só eu e você.

Isso faz isso ser um encontro? Estou definitivamente bêbada.

— Perfeito. Se quiser se encontrar aqui em, digamos, uma hora, podemos simplesmente caminhar — sugiro, e dou a Robby um olhar mortal.

Sawyer acena para Robby antes de dar alguns passos para trás.

— Prazer em conhecê-lo.

Robby o verifica com um estalar de dedos.

— Você também, cara.

Robby e Sawyer são pólos opostos. No que Sawyer parece muito sério, Robby é mais tranquilo. Ele tem o melhor senso de humor de todos que já conheci. Sempre foi aquele que me animava quando eu estava deprimida na nossa adolescência. Sawyer me lembra mais meu pai, o que é estranho, considerando que estou muito atraída pelo cara. Pelo menos, fisicamente.

NOVATO IMPLACÁVEL 61

Ainda não o conheço o suficiente para descobrir como me sinto sobre o pacote completo. Por dentro. Óbvio, eu amo seu pacote. Provavelmente o melhor que já tive contato. Sim, bêbada.

Assim que Sawyer está fora de vista, dou um tapa na perna de Robby — com força.

— Eu te odeio tanto.

Ela sorri, sugando o canudo em sua boca.

— Você me ama e sabe disso.

CAPÍTULO DEZ

SAWYER

Eu não fui correr. Saí pela porta da frente do Tito's e fui direto para a entrada dos fundos do hotel. Parece que falei antes de pensar novamente e tenho planos com a corajosa assistente esta noite. Não estou arrependido, de jeito nenhum. Apenas nervoso pra caramba. Não saio sozinho com ninguém desde Taylor — além de ir para a cama com mulheres aleatórias do bar. Eu não chamaria de encontro, no entanto. Está mais para dois amigos assistindo fogos de artifício juntos. Dois amigos que transaram antes mesmo de saberem o nome um do outro. Dois amigos que também trabalham no mesmo prédio — algo que sempre achei desagradável.

Está um calor escaldante, então opto por um par de shorts azul-marinho acima do joelho e uma polo branca de três botões. Não queria me vestir para as festividades, mas parece que sim. Até vesti uma cueca vermelha. Usando meus dedos, penteio meu cabelo e me dou dois esguichos de colônia; em seguida, deslizo minhas sandálias Birkenstock de cor cáqui.

Antes de ir, pego a garrafa de uísque que abri ontem à noite e sirvo um gole. Estou perdido em pensamentos, tomando um gole da bebida e observando as pessoas à distância quando meu telefone vibra na cômoda. Abaixo o copo e caminho para o celular. Um número desconhecido pisca na tela, então pressiono o botão de rejeitar e mando na caixa postal. Se for importante, vão deixar uma mensagem.

Assim que termino a bebida, dou um bochecho com um pouco de enxaguante bucal e cuspo de volta na pia. Eu não deveria me preocupar em estar com cheiro de bebida; vi Mia no bar mais vezes do que na Glasson. É evidente que a garota gosta de beber. Não tenho certeza se devo me preocupar com isso... *Mas qual a importância?* Isso não é um encontro e não estamos começando um relacionamento.

Eu preciso sair da minha própria cabeça. É um lugar assustador.

Pego um dos cobertores menores do hotel e saio do quarto. Puxando minha carteira, verifico duas vezes para ter certeza de que tenho a chave do quarto e algum dinheiro, apenas no caso de pararmos em um dos estandes para uma bebida ou um lanche.

Estou andando pelo corredor em direção ao elevador quando meu telefone vibra contra minha perna. Tiro-o do bolso e vejo que tenho uma mensagem de voz. Deve ter sido o número desconhecido. Toco no play e ouço a mensagem no viva-voz enquanto espero o elevador chegar ao meu andar.

— Senhor Rhodes, aqui é Julia Mears, assistente de Niles Tanner, da Tanner Enterprises. Estou ligando porque o senhor Tanner está interessado em marcar uma reunião para discutir sua integração com nossa equipe de marketing. Por favor, me ligue de volta assim que possível. — Ela deixa seu número e termino a mensagem.

Tanner Enterprises? Não me lembro de ter me inscrito lá. Se bem me recordo, eles são concorrentes da Glasson. Esquisito. Não tenho certeza de como conseguiram meu currículo ou informações de contato.

Ignorando isso por enquanto, coloco meu telefone de volta no bolso e entro no elevador. Enquanto estou descendo, faço uma rápida pesquisa no Google sobre a empresa. Com certeza, é a empresa de bebidas em que eu estava pensando.

Saio do elevador e fico ali por um minuto antes de ir encontrar Mia no Tito's. Outra pesquisa de Glasson Waters contra Tanner Enterprises traz uma longa lista de artigos sobre a possível fusão de Richard Tanner e Floyd Glasson para acabar com a rivalidade de longa data. Há uma discussão sobre a união das duas empresas com potencial para formar a maior companhia de bebidas engarrafadas do mundo.

— Ei. — Minha cabeça se levanta quando ouço a voz de Mia.

Coloco o telefone de volta no bolso.

— Oi, desculpe. Só estava fazendo uma pesquisa. Nada importante. — Absorvendo sua presença, mordo o canto do lábio. Ela está usando um vestido de verão todo branco e um par de sandálias de tiras brancas. Seu longo cabelo cor de chocolate está solto e enrolado nas pontas. Ela parece de tirar o fôlego. — Você está... muito bem. — Sou péssimo com elogios, especialmente quando se trata de mulheres. Estou tão enferrujado com essa merda.

— Obrigada. — Ela sorri, tímida com minha própria idiotice, enquanto caminhamos lado a lado pela entrada dos fundos do hotel. — Nada mal, Novato.

Um casal se aproxima e acelera o passo para alcançar a porta que estou segurando aberta para eles. Mia para de andar para me esperar. Assim que abrem a porta, continuamos nossa caminhada até o píer. — Novato, hein? É isso que eu sou?

— Bem, você é um novo contratado, então você é um dos muitos novatos na Glasson.

— Ah. Então, acho que posso chamá-lo de Temporária — provoco, mas tenho a sensação de que ela não achou nada engraçado quando seu sorriso sumiu e ela olhou para frente.

Há pessoas em todos os lugares, então temos que girar e virar para deslizar no meio da multidão. Uma vez que encontramos uma abertura, olho para Mia, esperando corrigir o que quer que eu tenha dito para deixá-la desconfortável.

— Era só uma piada.

Ela retribui meu olhar com um meio-sorriso.

— Eu sei.

Continuamos andando até chegarmos à praia. A multidão aqui não é melhor. A areia mal se vê sob todas as toalhas, cadeiras e mantas cobertas de corpos. Nunca vi nada parecido. Nem tenho certeza se conseguiremos encontrar um lugar para sentar.

— Por aqui — convida Mia, apontando com a cabeça para a extremidade leste da praia. Ela acelera o passo e corro para acompanhá-la. — Se nos afastarmos um pouco do cais, o congestionamento diminui.

Passamos pela entrada do cais onde tudo se ilumina com um néon. Há uma roda gigante girando e fico enjoada só de olhar para ela. Não há muitas coisas que me assustam, mas roda gigante sempre foi uma das coisas que me assustam. Quando eu tinha oito anos, minha irmã, que tinha quatorze na época, me arrastou para uma enquanto ela estava de "babá" para mim. Havia um cara por quem ela tinha uma queda e ele perguntou se ela queria ir junto. Ela não podia me deixar, então não tive escolha a não ser me juntar a eles. Fizemos toda a volta uma vez antes que a coisa parasse e nos deixasse presos no topo por mais de uma hora. Fiquei tão assustado que vomitei para o lado e tenho certeza de que acertei algumas pessoas. Jurei que nunca mais entraria em uma.

Mia para de andar cerca de dois quilômetros abaixo do píer, então sigo o exemplo.

— Que tal aqui?

Ela não estava mentindo. A multidão definitivamente diminuiu dessa maneira. Ainda tem bastante gente, mas tem um espaço vazio que deve caber o cobertor.

NOVATO IMPLACÁVEL

— Funciona para mim. — Agarro o cobertor com as duas mãos e o abro.

Mia se senta e me jogo ao lado dela. Isso é o mais longe possível da minha zona de conforto. Não faço nada assim há anos. Nem tenho certeza de como agir agora. Meus encontros com mulheres geralmente duram uma hora no máximo e envolvem meu pau dentro da boca ou da boceta dela. Nada tão íntimo quanto sentar na praia sob o pôr do sol, esperando para assistir aos fogos de artifício.

Mia desliza as pernas por baixo de si com os pés para o lado, se apoiando com a palma da mão pressionada no cobertor. Pego-me olhando para ela, imaginando o que está pensando. Eu gostaria de ser melhor em conversa fiada. Não sou exatamente uma pessoa sociável e, quando isso acabar, ela provavelmente vai perceber e me evitar loucamente.

Minhas pernas se contraem com meus antebraços sobre os joelhos.

— Então, Mia. O que você gosta de fazer por diversão?

— Diversão? — Ela bate um dedo na boca e pensa muito, como se eu estivesse perguntando qual é sua posição sexual favorita. Parece alguém que tem um punhado de namorados com quem sai todo fim de semana. — Puxa, eu nem sei. Faz tanto tempo que não faço nada que chame de divertido. Eu gosto de desenhar. — Seus olhos fitam a água, contemplando a vista hipnotizante.

— Sério? O que você gosta de desenhar? — O sol se pôs ainda mais, cobrindo as ondas com um suave brilho rosa. Pergunto-me se ela está desenhando isso em sua mente enquanto falamos.

— Praticamente qualquer coisa. Morei no exterior por alguns anos e comecei a pintar retratos pictóricos. — Não tenho ideia do que isso significa. Ela deve ter lido a expressão no meu rosto. — Pessoas. Ou melhor, pessoas nuas. Ficava sentada no estúdio de arte por horas pintando esses estranhos. Descobrir as partes de seus corpos que os tornam únicos. Cada mancha, cicatriz e dobra. Então eu ia para casa e os vestiria com o que eu quisesse que eles vestissem.

— Fantástico. Então, você também gosta de desenhar roupas?

Ela acena com a cabeça.

— Uhumm. Através da pintura, descobri minha paixão pelo design de moda. — Ela olha para mim com olhos suaves e observadores. — Nunca contei a ninguém sobre essa paixão antes.

Algo pinica no meu peito. Quando olho para ela, vejo mais do que um caso de uma noite. Vejo uma linda garota com profundidade. Mesmo que ela se arrependa de ter me contado seu segredo, por um breve momento ela se sentiu confortável o suficiente para fazê-lo.

Mia sai de nosso olhar fixo e se inclina para frente, pegando um pouco de areia na mão.

— E você? Faz alguma coisa divertida? — ela pergunta, jogando um punhado de areia no outro, para frente e para trás.

— Não ria. — Eu sorrio. Ela deixa cair a areia em suas mãos e limpa; em seguida, vira todo o corpo para mim, dando-me toda a sua atenção. Agora, estou me arrependendo de ter dito qualquer coisa. Hesito, mas algo sobre essa garota é reconfortante. — Eu gosto de pular pedras.

Seus lábios se pressionam em uma linha fina e ela reprime um sorriso.

— Pular pedras? O que é aquilo?

Eu rio de sua ignorância.

— Exatamente como parece. Você pula uma pedra sobre a água. Quando minha... — Minhas palavras param quando percebo o que estava prestes a dizer. Quase disse a ela que, quando Taylor morreu, eu ia até o lago atrás de nossa casa e pulava pedras por horas. — Acho que é relaxante, só isso. — Olho para a água, brilhando com as luzes que vêm do píer, e mudo de assunto. — O show deve começar em breve. — Endireito as pernas na minha frente e me inclino para trás, pressionando as palmas das mãos atrás de mim na toalha.

Por um breve momento, senti como se estivesse conversando com uma amiga, mas ela não é uma amiga. É uma colega de trabalho, um caso de uma noite que nunca deveria ter acontecido.

— Veja. — Mia sorri, apontando para o céu se iluminando. — Está começando.

Faíscas de fogo pintam o céu. Vejo fogos de artifício todos os anos desde criança, inúmeras vezes por ano, mas é diferente desta vez. Parece um novo começo e estar aqui com Mia é algo estranho, certo. Mesmo que eu tivesse prometido a mim mesmo há dois dias que ficaria longe dela.

Mia se inclina para trás com as pernas ainda dobradas para o lado, seus dedos roçam os meus suavemente e o calor irradia de seu toque. Quando meus olhos deslizam para a esquerda, encontrando a pele de seu decote, aquele calor dispara direto para meu pau. Meu olhar desliza para cima e ela está me encarando, uma expressão luxuriosa e maravilhosa me engolindo. Seus dentes roçam seu lábio inferior e estou ferrado. Meu pau endurece instantaneamente e, se ela olhasse para baixo, veria um show acontecendo no meu short.

Ela sorri antes de se virar para assistir aos fogos de artifício.

Quero agarrar seu rosto e puxá-la para mim para que eu possa devorar sua boca. Então quero correr pela praia segurando sua mão até que estejamos de volta ao hotel, só para poder deitá-la na minha cama, abrir suas pernas e me deliciar com sua boceta. Memórias de nossa noite juntos circulam em minha mente.

Só consigo pensar no que me lembro de ter visto sob aquele vestido. Seus seios empinados pressionados contra o meu peito. O mamilo rosa e como ele rolava implacavelmente entre meus dedos.

Preciso ficar longe dessa mulher antes que eu a estrague. Vou transar com ela dia e noite, mas nunca iremos a lugar nenhum. Nunca seremos nada além do que somos agora, sentados nesta praia — estranhos que se conheceram antes.

Nós nos sentamos lá com um silêncio nos cobrindo. É alto pra caramba, mas silencioso ao mesmo tempo. Há risadas, conversas e o estrondo dos fogos de artifício, mas tudo em que consigo me concentrar é na mulher sentada ao meu lado. Ela não move a mão. Um dedo paira sobre o meu e não me afasto ou me ajusto, porque gosto da sensação do toque dela — certo, mas errado ao mesmo tempo.

Tudo está quieto, silencioso. Quero enrolar o dedo indicador em torno dela, apenas para prendê-lo no lugar. Mesmo quando os fogos de artifício param e as pessoas começam a recolher suas cadeiras e cobertores, nós apenas sentamos lá. Encaro Mia, desejando poder ler sua mente. Desejando saber o que é esse sentimento e por que estou agindo como um adolescente com tesão pela primeira vez.

Ela está me fitando. Um sorriso marcado em seus lábios. Em um movimento rápido, ela se afasta.

— Devemos tentar ficar à frente da multidão.

Dou a ela um aceno de cabeça e me levanto. Uma vez que se levanta, ela se afasta e pego o cobertor, sacudindo-o antes de dobrá-lo em um quadrado para carregar.

Com o cobertor debaixo do braço, caminhamos lado a lado no meio da multidão. As pessoas estão em todos os lugares. Esbarrando em nós, empurrando. Estou preocupado em perdê-la na confusão, então agarro sua mão sem nem mesmo buscar aprovação. Seus olhos deslizam para baixo ao meu toque e olho com o canto do olho. Ela segura firme como se estivesse pensando a mesma coisa.

Estamos apenas tentando passar por este labirinto. Não pense demais.

Há um grupo de adolescentes disparando foguetes quando chegamos à rua. As luzes piscam de um carro da polícia na estrada e todos riem e saem correndo na direção oposta. Ah, como é bom ser jovem de novo.

— Vamos — incentivo, pegando meu ritmo e puxando-a para o passeio.

Mia ri, puxando minha mão para trás e tentando nos atrasar.

— Espere. — Ela ri ainda mais alto. Ele cresce com intensidade até que ela está rindo de barriga cheia. Eu paro e olho para ela, que está se agachando e tirando o sapato. — Meu sapato quebrou. — Ela o segura e lágrimas escorrem por seu rosto devido ao ataque de histeria.

— Ai, merda. Quebrou. — Pego dela, examinando a sandália de couro. A alça se soltou e não tem como ficar no pé dela. Verifico o tamanho com um sorriso. — Bem, eu ofereceria a você um dos meus, mas tenho pelo menos 20 centímetros a mais que você. — Enfio a sandália dela no bolso de trás do meu short. — Não temos escolha. — Passo na frente dela, dando-lhe as costas. — Suba.

Outro estrondo de riso sobe por sua garganta.

— Está brincando né?

— Não. Não podemos arriscar. Você vai pisar em alguma coisa, cortar o pé e teremos que ir ao hospital tomar uma antitetânica. Vamos. Não vou deixar você cair.

— Você está louco. Estou usando um vestido.

Eu me inclino para a frente, sem perder esse argumento.

— Eu vou segurar.

Mia respira fundo antes de pular nas minhas costas, como se estivesse montando um cavalo de duas toneladas. Ela é pequena, mas o peso me empurra para frente e tropeço alguns passos antes de me apoiar. Minhas mãos se estendem para trás, segurando cada canto de seu vestido apertado em suas pernas. Minhas mãos estão praticamente segurando sua bunda. A maneira como as suas me envolvem, como se sua vida dependesse disso, me dá a sensação de ser necessário. Faz tanto tempo que não sinto isso. Ela continua me surpreendendo com emoções que guardei e nunca planejei abrir novamente.

— Você já carregou uma garota pela Rua Colorado antes?

— Esta é a primeira vez.

— Eu também. Nunca andei de cavalinho antes.

— Nunca?

NOVATO IMPLACÁVEL

Ela puxa mais apertado ao passarmos pela rua para o hotel. Agarro seu vestido e sua bunda com firmeza, certificando-me de que ela não está exposta aos bêbados com tesão encarando boquiabertos na esquina.

— Meu pai me deixou montar em seus ombros em um parque uma vez, mas só.

Isso é meio triste, mas não digo nada.

— Minha irmã costumava me fazer fingir que eu era um cavalo. Eu tinha que ficar de joelhos e andar com ela pela casa. Ficou chato, mas sempre fui recompensado com cenouras.

Mia bufa.

— Pelo menos você conseguiu algo com isso. Meu irmão nunca fez nada assim por mim. Ele provavelmente me jogaria na piscina.

— Acho que você e seu irmão não são muito próximos.

— Já fomos. Ele é sete anos mais velho e tenho certeza que nunca quis um irmão. Quando eu tinha quatro anos, creio que ele percebeu que eu não ia a lugar nenhum e começou a me dar atenção. Uma vez que chegou à adolescência, eu mal o via. Agora que somos adultos, meio que apenas existimos um ao lado do outro.

— Sinto muito por ouvir isso. E quanto aos seus pais, você é próxima deles?

— Meu pai e eu somos muito próximos. Minha mãe e eu nos damos bem, mas não somos tão próximos quanto eu e meu pai. Ela e meu irmão têm esse vínculo, no entanto. E você? É próximo de seus pais?

Chegamos à entrada do hotel e Mia salta de cima de mim; paramos em frente às portas e continuamos nossa conversa.

— Nah. Nunca fui muito próximo da minha mãe ou do meu pai. Eles sempre colocaram esforços e atenção em seus negócios, então eu meio que fiz o que diabos eu queria. Fiz muitas escolhas ruins enquanto crescia.

— Eu entendo. Meus pais são casados com o trabalho deles. Bem, meu pai, mais do que minha mãe. Ela apenas se senta à margem e torce por ele. Quando ele ficou doente... — Tristeza espreita por trás de seus olhos. — Deixa pra lá. — Ela finge com um sorriso. — Quer tomar uma bebida?

Meus ombros encolhem.

— Claro. — Abro a porta e entro atrás dela.

Ela olha para o pé e sorri.

— O Tito's não tem uma política sobre entrar calçado?

Aceno com uma risada.

— Você provavelmente está certa. Vou te dizer uma coisa. Suba ao meu quarto e vou fazer uma bebida para nós.

Seus passos param, então eu faço o mesmo.

— Tem certeza de que é uma boa ideia? Da última vez que subi, saí sem calcinha. — Suas bochechas coram, e é fofo pra caramba.

— Mais uma razão para se juntar a mim. Posso devolvê-la a você.

Descemos o corredor estreito até os elevadores, Mia com um sapato nos pés e o outro ainda no bolso de trás.

— Não acredito que você me carregou até aqui — diz, quando paramos no elevador.

Pressiono o botão para subir e sorrio.

— Não acredito que você deixou. Afinal, nós concordamos em fingir que nossa noite juntos nunca aconteceu.

Suas bochechas coram, mais uma vez, fofas demais.

— Verdade. Mas você também recusou meu almoço e me deixou com um complexo.

Entramos no elevador e aperto o botão do meu andar.

— Eu fiz isso, não fiz? Em minha defesa, não sou fã de misturar negócios com prazer.

Ela me encara, com os olhos arregalados e as mãos cruzadas na frente do vestido.

— O que mudou? Foi você quem concordou com esse passeio e quem me convidou para subir no seu quarto.

— Decisões espontâneas. Nunca fui bom nelas. Também pode ser que eu esteja começando a gostar da sua companhia.

Uma respiração arejada escapa dela.

— Puxa, obrigada, eu acho. Estou feliz que você está *começando* a gostar da minha companhia. Você é tão romântico.

As portas do elevador se abrem e Mia é a primeira a sair. Saio atrás dela e coloco a mão em suas costas para conduzi-la na direção certa, embora ela já tenha estado lá antes.

— Vamos apenas dizer que eu nunca esperei vê-la no escritório do senhor Glasson naquele dia e fiquei confuso. Precisava de algum tempo para processar o que estava acontecendo.

Mia para. Vira para mim, seu peito nivelado com o meu.

— E o que está acontecendo?

Eu gostaria de saber.

— Nós vamos tomar uma bebida enquanto eu colo seu sapato de volta no lugar. — Passo meu cartão e empurro a porta do quarto. Uma vez que

NOVATO IMPLACÁVEL

estamos dentro, aceno em direção ao sofá na parede oposta da cama. — Sinta-se à vontade.

Mia se senta, parecendo muito nervosa para o meu gosto. Suas mãos colocadas no colo com os tornozelos cruzados no chão. Ela ainda está usando a única sandália e sorrio por dentro, a observando com o canto do olho. Ela analisa ao redor do quarto, como se estivesse sentindo o meu gosto, quando este quarto não é meu, e eu certamente não o decoraria assim. Meu apartamento de solteiro em Cincinnati era todo preto e branco. Tudo, desde os móveis até a roupa de cama.

Tiro a sandália do bolso de trás e a coloco na cama, em seguida, abro a geladeira e pego uma garrafa de água com gás e uma tigela de limão que o serviço de quarto trouxe ontem.

— Estou sem gelo, mas, se você preferir, posso ir até o corredor e encher o balde.

— Não é necessário — diz ela, finalmente afundando um pouco no sofá e ficando mais confortável.

Despejo uma dose de rum nos copos altos, em seguida, encho-os com refrigerante e um pouco de limão, em seguida, coloco o limão no copo. Uma vez que ambas as bebidas são feitas, eu me junto a Mia no sofá.

Ela toma um gole e observo sua reação ao lamber o suco dos lábios.

— Hmm, nada mal.

— Obrigado. Nada extravagante, mas é melhor do que beber no bar com um sapato só. Falando nisso — eu me levanto e coloco a bebida na mesa ao meu lado. — Acho que tenho um pouco de supercola. Só para levar os dois pés para casa com segurança. — Vou até minha bolsa e abro o zíper do bolso lateral. Pego um minikit de ferramentas e vejo a supercola.

Um pouco de esguicho na alça e a seguro no lugar, observando Mia tomar um gole de sua bebida. Ela está começando a relaxar, o que acho esclarecedor. A mulher sempre parece tão tensa e no limite. Muito como eu. Não tenho certeza de quando mudei os planos de evitá-la para trazê-la aqui, mas estou feliz por ter feito isso. Mesmo que nada aconteça, é melhor do que outra noite sozinho.

— Tcharã. — Seguro a sandália com a tira intacta.

Mia bufa.

— Ai, meu Deus. Você é o melhor. — Ela se levanta e caminha em minha direção com a bebida na mão.

Quando ela pega a sandália, eu a seguro, provocando-a.

RACHEL LEIGH

— Sinto muito por ter ignorado você com a oferta do almoço.

Seu sorriso desaparece rapidamente, uma expressão séria me fitando, suave. Observo atentamente, a ponta de sua língua passando por seus lábios. Eu quero beijá-la pra caralho. Mas que tipo de pessoa isso faria de mim. Jurei que ficaria longe; ainda assim, aqui estou. Eu disse a mim mesmo que era uma noite só, mas estou tão faminto por ela.

Mia leva o copo à boca, toma um golinho e sorri por cima do copo. *Ela está brincando comigo?*

Só há uma maneira de descobrir. Pego o copo da mão dela e o coloco no frigobar atrás de mim.

— Ei, eu estava bebendo...

Eu a interrompo. Nossas bocas colidem, rápido e forte. Não há nada de doce nesse beijo quando ela inclina a cabeça para o lado e desliza a língua na minha boca. Minhas mãos envolvem sua cintura, os dedos acariciando o topo de sua bunda enquanto ela segura meus ombros. Seus seios pressionam contra meu peito e seus mamilos duros perfuram o tecido. Deslizo a mão até seu ombro, puxando para baixo a alça fina de seu vestido.

Nossos lábios se separam, para que eu possa trilhar os meus por seu pescoço. Chupando a pele fina, esperando que não deixe um hematoma. Mia solta um gemido sutil que me dá toda a permissão de que preciso para descer. Meus dentes roçam sua clavícula e trago a mão para segurar seu seio direito.

Espero poder me perdoar pelo que estou prestes a fazer — espero que *ela* possa me perdoar.

Meu corpo pressiona suavemente o dela, mas com pressão suficiente para deitá-la de costas na cama. Mia não me impede, em vez disso, mexe no botão do meu short, me dizendo que quer isso tanto quanto eu. Movo-me para cima e ela ergue as pernas, colocando-as uma de cada lado de mim. Eu a observo abrir meu zíper e seus olhos vagam para os meus.

— Você quer isso, certo? — Sua voz é frágil e doce.

— Claro que sim, eu quero. — Empurro meu short para baixo, levando minha cueca com ele. Meu pau salta livre e não tenho certeza se ela estava esperando por isso. As luzes estão acesas, dando-me acesso total para ver tudo o que estou prestes a descobrir por baixo daquele vestido dela. Quero provar cada centímetro de seu corpo enquanto ela me implora para transar com ela.

Uma vez que estou livre do meu short, levanto a camisa sobre a cabeça e a jogo no chão, até que estou ajoelhado entre suas pernas, completamente nu.

Minha mão esquerda serpenteia por sua perna, começando em sua panturrilha, subindo por seu joelho e depois descendo por sua coxa. Uma trilha de arrepios percorre sua pele bronzeada. Não paro até alcançar a bainha de sua calcinha.

Com um dedo, jogo para o lado, sentindo a umidade que a encharcou. Tiro meus olhos de sua virilha e a assisto mordiscar seu lábio inferior. Ela está apoiada nos cotovelos, ofegando como se eu não pudesse deslizar meus dedos rápido o suficiente, mas acho que vou brincar um pouco com ela primeiro.

— O que quer que eu faça, Mia?

Seus olhos se arregalam como se ela não estivesse preparada para essa pergunta.

— Preciso que me diga do que gosta. — Um dedo brinca com seu clitóris, minha cabeça esfregando contra a carne de sua coxa.

— Tire minha roupa. — Sua voz falha. Ela deixa cair os cotovelos e sua cabeça descansa no travesseiro.

Faço o que me diz. Deslizo sua calcinha para baixo e a livro dela. Subindo por seu corpo, com os dois lados do vestido nas mãos, encontro seu olhar. Meu pau pressiona firmemente contra seu estômago e luto contra o desejo de apenas deslizá-lo para dentro dela.

Mia se inclina para frente, permitindo que eu puxe o vestido pela cabeça. Tudo o que resta é seu sutiã de seda rosa-bebê. Deslizo um braço entre seu corpo e o colchão para soltá-lo. Seus braços avançam e o tiro, descartando com o resto das roupas espalhadas pelo chão.

— Hmm — murmuro, olhando para seus seios empinados. Isso é tudo o que preciso para me sentir como se estivesse de volta aos meus velhos hábitos. Os dias de ter uma mente focada. É uma loucura o que o corpo de uma mulher pode fazer na minha cabeça. Não apenas qualquer mulher, porém, esta mulher. Aquela que está em meus pensamentos desde o momento em que entrou no Tito's.

Minha cabeça cai, dentes roçando seu mamilo, uma das mãos me segurando e a outra acariciando seu seio, dando-lhes igual atenção. Seu corpo é o sonho de qualquer homem e eu quero devorá-lo, reivindicá-lo e torná-lo meu. Quero deixar minha marca para que nenhum outro cara se atreva a olhar para ela novamente.

Quando meu telefone começa a tocar no chão, provavelmente ainda no bolso do meu short, Mia levanta a cabeça.

— Ignore isso — peço, em meio a uma respiração, antes de chupar mais forte em seu mamilo.

Seus dedos beliscam minhas costas e ela solta um suspiro audível antes de dar um leve empurrão na minha cabeça.

Ela quer minha boca em sua boceta.

— Em breve, linda — suspiro. Minha mão se move lentamente pelo lado dela e dou um aperto firme em seu quadril. Uma onda de urgência toma conta de mim, o sangue correndo para o meu pau. Tiro seu mamilo da boca e fico de joelhos. Suas pernas caem para o lado dela, colocando sua boceta em plena exibição. Gosto que ela esteja confortável com seu corpo e com o sexo. Muitas garotas querem se esconder debaixo dos cobertores ou apagar as luzes.

Usando dois dedos, esfrego círculos em seu clitóris e seus olhos se fecham, sua boca se abrindo.

— Você gosta que faça assim com seu clitóris? — indago, com uma rouquidão na minha voz.

— Hmmm.

Esfrego mais rápido, as pontas dos meus dedos vibrando contra a protuberância sensível.

— Quer meus dedos dentro de você?

— Sim. — Suas costas arqueiam para fora da cama, ganhando fricção contra a minha mão.

Com a outra mão, deslizo dois dedos dentro dela. Ela é apertada pra caramba. Lembro-me vagamente de como foi senti-la naquela noite, mas mal posso esperar para sentir novamente. Ter aquela boceta apertada envolvendo meu pau.

Sua excitação desliza pelos meus dedos e empurro para dentro e para fora, ainda esfregando seu clitóris com a outra mão. Observo atentamente, amando a bela vista e esperando ansiosamente pelo momento em que ela goza, para que eu possa enfiar meu pau dentro dela.

Sua respiração acelera e seu estômago aperta. Seus quadris sobem e descem com o movimento e ela começa a massagear os seios. Sua cabeça levanta e ela me observa. Olhos inocentes me encarando. Sua boca se abre e suas pernas se arreganham o máximo que podem.

— Ai, foda-se — ela grita, ofegante. — Ai, meu Deus.

Suas paredes se contraem em torno de meus dedos e acelero o ritmo, esfregando mais rápido e bombeando mais fundo até chegar aos nós dos dedos. A evidência de seu orgasmo se espalha na palma da minha mão. Puxo meus dedos e deixo cair minha cabeça, lambendo sua doçura.

— Hmm — resmungo para ela. Dedos agarram meu cabelo e ela começa a cavalgar meu rosto, indo em busca de outro orgasmo. Subo e desço, em seguida, passo a língua contra seu clitóris repetidamente até que ela grite de prazer retumbante.

Quando tenho certeza de que ela desceu, pego meu short do chão e rapidamente tiro uma camisinha da carteira. Em dois segundos, está ligado e estou enfiando meu pau dentro dela. Prendo ambas as pernas sobre meus antebraços, martelando em sua boceta. Seus seios balançam com os movimentos e ela é forçada a empurrar a cabeceira da cama para impedir que sua cabeça bata ali.

Ela é tão quente e apertada e sua excitação pinga em minhas bolas. Eu gostaria de poder senti-la sem essa maldita borracha. Independentemente disso, sei que não vou durar muito.

Solto suas pernas e deixo meu corpo pairar sobre o dela. Meu rosto se aninha em seu pescoço. Só o cheiro dela me faz querer gozar, mas diminuo o passo, querendo que isso dure mais. Precisando ficar perto dela assim o máximo que eu puder. O cabelo no meu peito cobre sua pele macia. Meu coração bate cada vez mais rápido conforme eu empurro mais fundo. Alcanço a mão entre seu corpo e o colchão e aperto sua bunda.

Mia deixa cair as mãos da cabeceira da cama e as coloca nas minhas costas. Quanto mais eu mergulho dentro dela, mais fundo suas unhas perfuram minha pele.

— Sawyer — ela grita. Estou esperançoso por um terceiro orgasmo, o que significa que preciso desacelerar, caso contrário, vou encher esta camisinha em cerca de dez segundos. Quando seus quadris se erguem e ela começa a cavalgar por baixo, perco todo o autocontrole.

— Foda-se — resmungo, empurrando mais e mais rápido. Meu osso pélvico bate contra sua boceta. A pressão aumenta dentro de mim. Uma necessidade extrema de libertação. Miro em seus olhos e nós dois gozamos ao mesmo tempo. Eletricidade corre através de mim e não paro até que a sensação diminua. Assim que isso acontece, caio sobre ela. Suas mãos descansam em minhas costas e minha cabeça pressiona contra sua caixa torácica, onde seu coração bate forte contra mim.

Isso não deveria acontecer de novo. Agora que aconteceu, não tenho ideia do que vem a seguir.

CAPÍTULO ONZE

MIRA

— Não! — grito. — Isso não pode estar acontecendo. — Eu quero chorar. Quero gritar. Quero fazer qualquer coisa, menos enfrentar a realidade de que outra história vazou sobre mim. Percorro minhas notificações do Instagram e fui marcada e mencionada em pelo menos cem postagens que foram compartilhadas sobre meu retorno para Santa Monica. A pior parte? Também foi anunciado que tenho passado meu tempo livre no Tito's.

As coisas estavam finalmente começando a melhorar. Claro, meus projetos foram derrubados. Eu dormi com Sawyer pela segunda vez, quatro dias atrás — e quero fazer isso de novo e de novo. E há o fato de que estou vivendo uma mentira. Ok, as coisas não estão melhorando. As coisas estão ruins. Muito ruins. Como meu pai vai confiar em mim para ajudar com os negócios um dia, quando não consigo nem manter meu nome fora da imprensa durante a semana que voltei?

Sawyer vai ver isso. Quero dizer, como ele não pode? Então vai começar a bisbilhotar, porque não gosta de mim — ou de Mira, que sou eu. Já se passaram três dias desde que vimos fogos de artifício juntos na praia, depois soltamos nossos próprios fogos de artifício em sua cama no hotel.

Passar mais uma noite com ele foi incrível. Ele ter me impedido de sair às escondidas logo de manhã foi tudo. Deitamos na cama e conversamos por horas sobre a vida. Ele me deu esperança para o meu futuro só de me ouvir. Odeio gostar desse cara, mas gosto. Ele é real, inteligente e engraçado. E eu estou vivendo uma mentira.

Quem faria isso comigo? O que teriam a ganhar?

Então, a resposta me atinge. Como um maremoto bem na cara. *Niles Tanner.* Ele me viu no Tito's. Na verdade, ele se convidou para a minha mesa e, quando me viu conversando com Sawyer, questionou. *Ai, não!*

Niles é implacável. Se ele estava por trás do escândalo do vídeo pornô, não tenho dúvidas de que irá a extremos novamente só porque não vou me casar com ele e iniciar uma fusão dos negócios de nossas famílias.

Em um acesso de raiva, desliguei meu telefone. Estou acabando com isso de uma vez por todas. Não sou a única com segredos e, se for forçada, compartilharei qualquer coisa que encontrar sobre a Tanner Enterprises. Se bem me lembro, houve um caso de peculato aberto há cerca de seis anos contra Richard Tanner. Estava fechado, mas tenho certeza de que ele pagou milhões para escondê-lo. Tenho certeza de que poderia encontrar algo para reabrir o caso.

Estou caminhando rapidamente para a porta para deixar o escritório do meu pai quando ela se abre.

— Sawyer — digo, quando sua cabeça aparece.

— Ei, você. Achei que poderia te encontrar aqui. Queria falar com você sobre algo. Você com certeza gosta de ficar neste escritório enquanto o senhor Glasson está fora.

Eu sorrio, abrindo a porta completamente.

— O que posso dizer, eu gosto de bancar a CEO. Sempre foi um sonho meu. — É uma mentira; uma das muitas que contei a esse belo homem. A verdade é que eu nunca iria querer este trabalho. Eu provavelmente mataria pessoas, porque pessoas me irritam.

— Agora isso me surpreende. Não te imagino como CEO. — Ele pressiona as mãos em cada lado da moldura da porta com um sorriso malicioso no rosto. — Uma cabana nas montanhas com uma tela. Isso é o que eu vejo.

É como se ele me conhecesse. Até a maneira como olha para mim me faz sentir como se nos conhecêssemos há anos. Meu conforto perto de Sawyer vem naturalmente. É assustador. Estou vivendo uma mentira completa enquanto ele está sendo um perfeito cavalheiro. Eu o tinha classificado de forma totalmente errada. Achei que era um novato implacável aqui em Glasson — um jogador, alguém que só fala merda. Este outro lado que ele me mostrou acabou comigo e quero me agarrar com força ao passeio que poderíamos fazer juntos.

Saindo do torpor em que caí, lembro-me do que estava fazendo.

— Tenho que sair por mais ou menos uma hora. Você se importa de voltar na hora do almoço para que possamos conversar?

Suas mãos caem do batente da porta.

— Sim, claro. Você parece estressada. Posso ajudar em algo?

Eu gostaria que você pudesse.

— Obrigada, mas isso é algo que eu tenho que lidar sozinha. Vejo você mais tarde.

Passo ao lado dele e pressiono um beijo casto em sua bochecha, esperando que não seja a última vez. Niles poderia me descobrir antes mesmo de eu voltar. Se isso acontecer, nunca terei a chance de ver onde as coisas podem chegar comigo e Sawyer. *No que estou pensando?* Não posso viver essa mentira para sempre. Não importa o que aconteça, Sawyer nunca mais falará comigo. Seja eu o afastando para esconder a verdade dele, ou se é a verdade que nos quebra. Está prestes a acontecer de qualquer maneira.

No caminho para o elevador no corredor, me viro e dou uma última olhada em Sawyer antes de passar pelas portas abertas.

Lágrimas surgem em meus olhos. Não tenho certeza se é porque tudo isso está acontecendo de novo e estou prestes a perder qualquer progresso que fiz com meu pai, ou se é porque estou me apegando a Sawyer e, no fundo, sei que terei que deixá-lo.

Os Tanner vivem nesta enorme e luxuosa mansão vitoriana que é três vezes o tamanho da casa dos meus pais. Havia quatro crianças crescendo nesta casa e acho que elas precisavam de mais espaço. Quero dizer, quem precisa de seis quartos quando você pode ter onze? Nunca entendi por que alguém precisa de tantos quartos. Mesmo quando eu comprar uma casa própria, ela não será tão grande que eu não consiga ouvir meus filhos correndo pelo corredor ou sentir o cheiro de bacon pela casa inteira nas manhãs de domingo.

— Apenas me deixe na porta da frente. Devo demorar apenas alguns minutos — digo a Stewart. Ele faz o que eu peço e abro a porta antes que ele tenha a chance de sair e abri-la para mim. — Já volto — aviso, antes de fechar a porta e encher meus pulmões com o ar fresco da montanha. Meus pais têm uma bela vista do oceano, os Tanner têm as montanhas no quintal. Honestamente, prefiro a solidão que esta propriedade oferece.

Estou caminhando para as portas principais quando ouço a partida de um motor, depois outro e outro. Olhando para a minha esquerda, vejo um grande caminhão de mudança saindo da entrada lateral, seguido por mais dois. *Os Tanner estão se mudando?* Hm. Isso é estranho. Não consigo imaginar que eles deixariam o lugar que chamam de lar desde que seus filhos nasceram. Talvez Niles finalmente esteja crescendo e saindo da casa dos pais. Eu rio dentro da minha cabeça. *Okay, certo.*

Assim que estou no topo da escada de cimento, bato na porta com os nós dos dedos e ela se abre no momento em que vou bater de novo.

— Bom dia, posso ajudar? — o mordomo pergunta. Não consigo

lembrar o nome dele de jeito nenhum. Já estive aqui algumas vezes e sinto que deveria saber disso.

— Olá. Estou aqui para ver Niles. — Sei que ele está aqui porque postou um vídeo no TikTok dele agindo como uma criança no espelho hoje. Ele acha que, só porque flexiona os músculos, as mulheres virão rastejando até ele. As mais burrinhas provavelmente sim, mas só porque não sabem o idiota vaidoso que ele é.

— Por aqui.

Sigo atrás do mordomo, tentando lembrar o nome dele. *Lenny? Lyle?*

— Lester — cuspo.

Ele me olha por cima do ombro.

— Sim, senhora.

Sim. É Lester.

— Você não se lembra de mim, não é?

— Ah, como eu poderia esquecer, senhorita Glasson. Eu costumava pegar suas garrafas de vidro de limonada no gramado nas manhãs de sábado.

É verdade. Antes de nossas famílias entrarem em guerra umas com as outras, éramos todos bastante próximos. Nossos pais iam a eventos juntos e, às vezes, apenas aparecíamos para jantar. Uma fusão sempre foi o plano. Costumava pensar que eles estavam fazendo isso para empurrar Niles e eu juntos. Uma vez que nos envolvemos, tudo ficou ruim. Muito ruim. Meu pai ameaçou Niles com uma faca quando ele enfiou a mão na minha saia na festa de aniversário de Lance. Eu tinha apenas dezessete anos, então faz sentido.

Aí, Niles me traiu com minha melhor amiga na época. Nós terminamos e tudo começou a partir daí. Meu pai ameaçou o senhor Tanner, que revidou com a divulgação de algumas informações muito pessoais. Informações que quase mandaram meu pai para a prisão. Um de seus ex-funcionários estava desviando dinheiro e, de alguma forma, Tanner conseguiu atribuir tudo ao meu pai. Não deu em nada, mas, quando meu pai entrou com uma ação por violação de direitos autorais, descobriu-se que havia lavagem de dinheiro acontecendo na Tanner Enterprises. E é isso que vou desenterrar se o pior acontecer. Ouvi meu pai falando sobre como Richard Tanner é desonesto e foi quando eu estava cem por cento certa de que nunca permitiria que eles tivessem um papel nos negócios de meu pai. Agora que ele está doente, eles estão se esforçando mais do que nunca. Lance e eu teremos total autoridade e eles virão como cobras na água, prontos para nos envolver até que concordemos em nos fundir.

Nem por cima do meu cadáver.

Como esta casa é muito grande, levamos cinco minutos só para chegar à ala do Nilo.

— Espere aqui um momento — Lester me instrui. Ele caminha cerca de dois metros e meio até o quarto de Nile e bate na porta sem fazer barulho. — Senhor Tanner, Mira Glasson está aqui para vê-lo.

Antes que Lester solte a mão, a porta se abre. Niles está sem camisa em um short de ginástica com o telefone na mão. Seu sorriso é egoísta, na melhor das hipóteses. Ele está satisfeito consigo mesmo e não tem ideia de que estou prestes a arrancá-lo de seu rosto.

— E então ela veio correndo — declara Niles, em um tom arrogante. A cabeça dele é grande demais para aquele pequeno cérebro. — Lester, você pode ir agora. — Niles acena com a mão em direção ao seu quarto. — Depois de você, querida.

Passo por ele para entrar em seu covil e ele propositalmente roça seu peito nu contra meu braço. Além de seu corpo bem tonificado, Niles não é nada atraente, pelo menos não para mim.

O ambiente não mudou muito. Ainda se parece com os aposentos de um adolescente. Há uma minicozinha à direita, uma área de estar no meio e a mobília do quarto à esquerda. Não é à toa que o garoto não vai embora. A mãe dele provavelmente ainda lava sua roupa também. Não devo julgar, meus pais cuidam de mim, mas tenho objetivos de vida e quero abrir minhas asas e voar sozinha um dia.

Niles fecha a porta e eu nem me viro para olhar para ele. Meus braços cruzam sobre o peito e encaro a cozinha.

— Você se acha muito inteligente, não é?

Posso sentir sua presença se aproximando. Seu hálito quente deslizando pelo meu pescoço como alcatrão.

— Não faço ideia do que você está falando, raio de sol.

Giro em meus calcanhares para encará-lo, abstendo-me de tirar o olhar presunçoso de seu rosto.

— Não se faça de bobo comigo. Sei que foi você quem compartilhou meu retorno. Tito's? Sério?

— Talvez eu apenas tenha pensado que a cidade deveria saber que há uma destruidora de lares à espreita na área.

Mordo com força, meu queixo estalando quando levanto a mão e planto a palma bem em sua bochecha. Ele apenas fica lá, sem se afetar.

— Por que, Niles? Qual é o seu objetivo aqui?

— Meu objetivo? Hmm, vamos ver. Você concorda com meus termos

NOVATO IMPLACÁVEL

antes que mais informações sejam compartilhadas. Encare isso, Mira, as empresas vão se fundir de uma forma ou de outra.

— Nunca. Eu mesma venderia a empresa antes de deixar isso acontecer.

Niles fica histérico, só me enfurecendo ainda mais.

— Você realmente venderia a empresa que seu pai construiu só para não ter que se casar comigo?

Inclino-me para frente, invadindo seu espaço, e então cerro os dentes.

— Eu queimaria a porra do lugar antes de deixar suas mãos sujas tocá-lo.

— Faça do seu jeito. Queime o lugar. Destrua os sonhos de sua família, a carreira de seu irmão, seu pé-de-meia.

Tenho que sair daqui antes que faça algo de que me arrependa e jogue esse cara pela janela só para manter a boca fechada.

Sem dizer uma palavra, abro a porta e saio, batendo-a atrás de mim. Não adianta muito, porque Niles abre de volta. Em vez de me seguir, ele berra:

— Sempre adorei casamentos no outono. O que você acha, raio do sol?

Ignorando-o, sigo meu caminho. No final do corredor. Em outro corredor. E outro. Uma escada sinuosa. Pelo corredor. Depois da sala de estar. Até que, finalmente, vejo a porta. Lester se levanta abruptamente da cadeira ao lado. Ele dobra o jornal na mão ao meio e o deixa cair na cadeira.

— Espero que tenha gostado da sua visita, senhorita Glasson. Vamos vê-la novamente em breve?

— Ah, pode contar com isso — afirmo. — Lester abre a porta para mim, mas eu paro na entrada. — Lester, você poderia me dizer para que serviam os caminhões? Os Tanner estão se mudando?

— Não, querida. — Ele olha para a esquerda, para a direita e depois para trás antes de falar em voz baixa. — Os Tanner foram forçados a abrir mão de alguns de seus ativos. — Suas sobrancelhas se erguem. Sempre soube que gostava desse cara. Toda a família Tanner o trata como merda e ele merece tanto respeito quanto um CEO ou o presidente.

Sorrio gentilmente, agradecendo sem palavras.

— Tenha um bom-dia, Lester.

— Você também, querida. — A porta se fecha atrás de mim. Bem, recebi uma confissão, que é mais do que esperava, e agora sei que os Tanner estão com alguns problemas financeiros. Não tenho certeza do que se trata, mas sei que vou descobrir.

Agora, porém, só quero ver Sawyer e sentir seus braços em volta de mim.

CAPÍTULO DOZE

SAWYER

Vou sair cedo hoje para falar com alguém sobre uma proposta de emprego. Pelo que parece, vou ganhar seis vezes mais do que esse trabalho na Glasson planeja me pagar. É exatamente o que eu queria e seria um tolo se deixasse passar.

Assim que estou prestes a sair pelas portas giratórias para a entrada principal, meu telefone toca no meu bolso de trás. Eu o pego e vejo que é outro número desconhecido. Desta vez, decido aceitar, caso seja sobre o novo emprego.

— Alô?

— Ei, Sawyer. É a Mia. Acabei de voltar e quero muito te ver. Pode subir?

— Eu estava saindo, mas tenho alguns minutos. Encontro você lá em cima. — A ligação termina e me viro para pegar o elevador até os escritórios corporativos.

Quando subo as escadas, vejo Mia parada na frente de sua mesa, ou seja, a mesa da assistente permanente.

— Ei, o que há de errado? — Ando para o lado dela, roçando meus dedos em seu braço nu. Ela parece estar à beira das lágrimas e eu odeio isso.

— Vamos entrar no escritório do Senhor Glasson e conversar onde é mais privado. — Sigo sua liderança, mas não tenho certeza de como me sinto sobre estarmos aqui tantas vezes. Não consigo imaginar que o homem responsável gostaria disso.

Assim que a porta se fecha, estou ao lado dela. Minhas mãos envolvem sua cintura e a puxo para perto. Já se passaram três dias desde que a toquei e ela não saiu da minha mente desde então.

— Senti sua falta — murmuro na dobra de seu pescoço. Sua cabeça se inclina, mas ela não diz nada. Puxando para trás, olho para ela. — Algo realmente está errado, não é?

— Apenas um dia ruim. Mas isso está compensando.

— Bem, talvez eu possa animá-la com algumas boas notícias. — Eu não ia dizer nada até ter certeza de que conseguiria o emprego, mas espero que minhas boas notícias iluminem seu dia.

— Eu amo boas notícias. Derrame.

— Recebi um telefonema sobre um trabalho. Um bom trabalho.

— Isso é incrível. É na cidade?

Pego a mão dela, puxando-a para o sofá de dois lugares. Eu me abaixo e a puxo para o meu colo.

— É. Na verdade, fica a apenas quinze minutos daqui. É um trabalho de diretor de marketing e eu estava indo falar com o responsável quando você ligou.

— Ai, me desculpa. Vá. — Ela vai se levantar, mas a puxo de volta.

— Ainda não. Diga-me o que está te incomodando.

Ela fica quieta por um momento, seus olhos vagando pela sala.

— Sabe, isso pode esperar. Vá conseguir esse emprego e podemos conversar mais tarde.

Um sorriso cresce em seu rosto e tenho vontade de beijá-la. Segurando suas bochechas nas mãos, puxo sua boca para a minha. É um beijo suave e gentil, mas me oferece tudo o que preciso neste momento. Por muito tempo, pensei que estava quebrado e nunca mais estaria inteiro. Após o acidente, eu tinha certeza de que passaria minha vida sozinho. Agora, estou sentindo as coisas de novo e, embora seja assustador pra caramba, é emocionante. Quero explorar todas as emoções que eliminei e compartilhá-las com Mia.

Com ambas as pernas ao meu lado, passo a mão por sua saia.

— Que tal comemorarmos antes que o chefe retome seu cargo na próxima semana? Deixe-me ajudar a afastar o que quer que esteja te deixando para baixo.

Posso dizer que ela é alguém que gosta de emoção, assim como eu. Que emoção melhor do que foder no sofá do nosso chefe. *Merda.* Eu recuo.

— Este escritório tem câmeras?

Ela ri.

— Sem chance. O senhor Glasson nunca permitiria que houvesse os olhos nele o tempo todo. — Ela se mexe até ficar escarranchada no meu colo.

Não tenho certeza de como ela sabe disso como funcionária temporária, mas acredito na sua palavra.

Nossas bocas se encontram novamente em um beijo tentador que faz meu pau latejar. Movo a cintura para cima, então nós dois congelamos quando a porta se abre.

— O que diabos está acontecendo aqui? — É uma voz masculina, uma que já ouvi antes.

Mia deixa cair a cabeça no meu ombro e murmura:

— Merda.

Olho por cima do ombro dela e vejo Lance Glasson, parado ali com uma carranca pesada no rosto.

— Levanta — peço a Mia, tentando tirar seu corpo de cima de mim. Isto não é bom. Existe uma possibilidade muito boa de eu sair deste escritório sem emprego.

Mia recua e se levanta.

— Lance, eu posso explicar.

— Você — ele aponta para mim com uma pasta nas mãos —, fora. Agora.

Ignorando-o, sussurro para Mia:

— Você está bem?

— Sim. Estou bem. Posso lidar com ele. Você deveria ir.

— Não vou deixar você sozinha com aquele cara. Sem chance.

— Agora! — Lance grita ainda mais alto e está levando tudo em mim para não gritar de volta. Como ele ousa falar conosco assim? Claro, este é o escritório de seu pai, mas Mia é apenas uma temporária e não há como eu sair e deixá-lo atacá-la.

Mia coloca uma mão tranquilizadora no meu braço.

— Eu vou ficar bem. Ele não me intimida. Vá para a sua reunião sobre o trabalho e eu te ligo mais tarde.

Depois de ler seu rosto por alguns segundos, ela não vacila, então faço o que pediu. Inclino-me para beijar sua bochecha antes de sair, mas me detenho. Provavelmente não é o melhor momento para isso.

Com os ombros para trás e os olhos mergulhados em uma carranca cruel, passo por Glasson Junior, olhando para ele até que estou na porta e ele atrás de mim.

— Cuido de você mais tarde — afirma, em um tom sério, direcionado a mim.

Mordo a língua, segurando tudo o que quero dizer para este babaca. Saio pela porta aberta e espero muito conseguir esse outro emprego, para não ter que lidar com a arrogância da família Glasson nunca mais.

CAPÍTULO TREZE

MIRA

Meu coração afunda no estômago assim que a porta do escritório se fecha. Lance está me dando aquele olhar de novo. Aquele que grita "decepção" e "vergonha".

— Ele é um amigo meu — começo, encolhendo os ombros como se não fosse grande coisa. Passo por ele, evitando contato visual, e me sento na mesa de meu pai.

— Você deixa todos os seus amigos te apalparem no escritório do meu pai? — Lance vem em minha direção, parando em frente à mesa. Ele se inclina para frente e bate uma pasta na mesa. — Ou apenas aqueles que você arruma no Tito's.

Eu sabia que isso viria. Claro que Lance leu as histórias e postagens sobre mim. Isso não diminui a culpa ou a vergonha que sinto, porque meu irmão sempre me faz sentir como se tivesse meio metro de altura.

Agindo como se não fosse nada, sorrio e jogo as mãos para cima.

— Qual é o problema, Lance? Não posso ter uma vida?

— Abra a pasta. — Quando eu apenas sento lá e continuo a olhar para ele, sendo a teimosa que sou, ele abre para mim. — Veja isso — coloca um papel na minha frente —, é um artigo postado no site do *Hollywood Now* sobre você sair do bar do Tito's, e o próximo parágrafo menciona que você esteve na Glasson diariamente.

— E daí? — E quero dizer cada palavra. — E. Daí. Porra? Estou tão cansada de ser escondida como se minha vida estivesse em perigo. Não está. Não sou mais criança e meu pai não pode me proteger para sempre. Pretendo contar tudo a Sawyer, então nada disso importa.

— Você está tentando provocar um ataque cardíaco no meu pai? Já colocou estresse suficiente na vida do homem, ele não merece uma pausa?

— Como você ousa? — Empurro os papéis para longe e me levanto. Minhas mãos pressionam a mesa e me inclino para o espaço entre nós. — Toda a minha vida você me tratou como se eu fosse um inconveniente para você.

Todos os dias eu tive que pisar em ovos porque não queria te irritar. Não fale comigo sobre estresse, quando tenho o peso da porra do mundo em meus ombros. — Lágrimas brotam dos cantos dos meus olhos, então belisco a ponta do nariz, esperando contê-las. Lance adoraria me ver desmoronar.

— Você tem o peso do mundo em seus ombros? E quanto a mim? Estou tentando manter esta empresa funcionando, porque nosso pai não vai ficar aqui por muito mais tempo. Quando ele não está, todo o peso recai sobre mim.

Pelo menos ele não mencionou que dormi com seu melhor amigo desta vez. Isso é uma vantagem.

— Olha. Eu estraguei tudo. De novo. Estou realmente tentando, Lance. Até apresentei minhas ideias para Layla e elas eram boas. Elas eram muito boas. — Pensei que fossem, de qualquer maneira.

— E?

Nego com a cabeça.

— Ela não gostou. — Meu coração dói. Passei meus últimos dois meses na Provença pesquisando a empresa, tendo ideias e iniciando meu design. Acho que foi tudo apenas uma ilusão. Afinal, talvez eu não tenha talento para arte.

— Então, o que você está fazendo sobre isso?

Meus olhos disparam para Lance, que agora está de pé com os braços cruzados firmemente sobre o peito.

— O que você quer dizer? Agora, eu começo a procurar um emprego em outro lugar, porque meu pai nunca vai me levar a sério se eu não puder fazer uma coisa simples como fazer um desenho de garrafa de água.

— A equipe de design aqui é uma das melhores do mundo. Não se venda por pouco. Layla é durona. O que eu não entendo é por que você já está desistindo.

Espere. Lance e eu estamos realmente tendo uma conversa civilizada?

— Você está insinuando que eu deveria continuar com meu projeto e apresentá-lo novamente? A rejeição da primeira vez foi difícil o suficiente. Não tenho certeza se estou disposta a passar por isso novamente.

Lance se senta no canto da mesa e começa a mexer no bolso do paletó.

— Sabia que meu pai demorou dois anos depois da pós-graduação para me contratar? Meu próprio pai. Tudo porque pensou que eu não estava pronto. Disse que eu precisava arrumar um emprego e conseguir um pouco de experiência antes de saltar para a posição de COO.

— Eu não sabia disso. Só presumi que você não queria começar aqui imediatamente.

— Arranjei um emprego no jornal e trabalhei na equipe de finanças por alguns anos. Meu pai foi quem veio até mim e me disse que era hora. Ele viu meu trabalho duro e valeu a pena.

— Mas, eu não sou como você, Lance. — É a verdade. Trabalhar em um escritório o dia todo não me atrai. Não gosto de números, odeio atendimento ao cliente e acho que nunca poderia fazer nada que não envolvesse arte.

— Eu vi seus desenhos. Eles eram muito bons. — Lance se move na mesa para me encarar. — Olha. Glasson é um negócio de família. Sempre será um negócio de família. Seu e meu. Você não precisa trabalhar aqui para fazer parte disso. Faça o que gosta. A vida é muito curta para não fazer.

— Acha que meus desenhos eram bons?

— Inferno, sim. Até contei a Nikki sobre eles.

— Contou? — Pareço uma criança em busca de elogios, mas Lance não distribui elogios com frequência. Nunca, na verdade.

— O que você quer fazer, Mira?

— Eu quero desenhar. — É simples, realmente.

— Então desenhe. Desenhe roupas. Comece sua própria linha de moda.

— Ah — expiro —, isso seria um sonho.

— Então faça. Mas primeiro, termine o que começou. Refaça seu design, apresente-o para Layla e saiba que se deu outra chance. Se for rejeitado, você não tem nada a perder. Se não for, terá isso no currículo quando começar a trabalhar com outros designers.

Por que ele é tão inteligente? Eu quero abraçá-lo, mas esse não é o nosso estilo.

Lance se levanta, ajeita o paletó e pega sua pasta.

— E você precisa limpar essa bagunça antes que o meu pai volte para casa. — Ele vai embora, mas se vira. — Nada de trazer mais convidados aqui. É sério, Mira.

Sorrio de volta para ele, embora sua expressão esteja, mais uma vez, mais séria do que nunca.

— Obrigada, Lance. — Ele vai sair, mas eu o interrompo: — Ei?

— Sim?

— Sinto muito por tudo. A bagunça que fiz para a família e por arruinar sua amizade com Mark. — Não foi tão difícil quanto pensei que seria. Desculpar-me com ele foi quase fácil.

— Sei que sente. — São apenas quatro palavras, mas sua expressão diz tudo o que preciso saber. Ele me perdoa.

— Obrigada, Lance. — Mudo de assunto rapidamente, sabendo que ele não gosta muito de conversas emocionais: — Niles está causando problemas novamente. Ele admitiu que fez isso. E precisa ser parado.

Lance solta um suspiro reprimido antes de me dar um sorriso tranquilizador.

— Eu cuido de Niles Tanner.

Quando ele sai do escritório, fico com um milhão de pensamentos correndo soltos pela minha cabeça. Vou reformular o design. Depois de apresentá-lo a Layla, vou contar tudo a Sawyer. Se fizer isso agora, corro o risco de me expor a todos na empresa e não há como Layla me dar outra chance. Assim que Sawyer souber e eu tiver certeza de onde estou aqui em Glasson, direi ao meu pai que cansei de me esconder. É hora de Mira Glasson compartilhar seu rosto com o mundo.

Design de moda é algo que sempre amei, mas nunca pensei em fazer disso uma carreira. Sempre pensei que acabaria aqui, então foi para isso que me esforcei. A excitação com a possibilidade toma conta de mim. O próprio Lance disse, este é um negócio de família e eu sou da família. Ainda posso ajudar meu pai enquanto vivo minha vida ao máximo.

Pela primeira vez em muito tempo, tenho esperança. Estou pronta para assumir o controle da minha vida e isso é muito bom.

CAPÍTULO QUATORZE

SAWYER

Tanner Enterprises me lembra muito da Glasson, exceto pela estrutura de vidro. É quase do mesmo tamanho e parar o carro é uma merda. Finalmente consigo encontrar uma vaga no fundo do estacionamento.

Vou me encontrar com Niles Tanner, filho do presidente, Richard Tanner. Não tive muito tempo para fazer nenhuma pesquisa sobre a empresa, mas, como a Glasson, eles são uma empresa de bebidas. Só posso presumir que foi assim que descobriram sobre mim e meu trabalho. Nunca me inscrevi aqui, porém, deveria. A oferta é substancial. Na verdade, estou me sentindo um pouco desqualificado. Tenho o diploma e a experiência, mas não para uma empresa desta magnitude.

Finalmente consigo passar pelo labirinto de carros e atravesso a porta giratória da entrada principal. Há uma jovem sentada atrás de uma mesa que tira os óculos, os coloca na mesa e me cumprimenta com um sorriso.

— Bom dia. Posso ajudar?

— Sawyer Rhodes aqui para ver Niles Tanner.

Ela digita em seu computador por um segundo, em seguida, me entrega um crachá.

— Prenda isso em sua jaqueta e pare aqui quando sair. O elevador fica no corredor à sua direita. Sexto andar. A assistente dele estará esperando por você.

— Muito obrigado. — Dou a volta na mesa e sigo para o elevador. Uma vez preso no bolso da minha jaqueta, pressiono o botão do elevador e aliso meu terno.

As portas se abrem e eu entro. Quando estou no sexto andar, entro em contato com a assistente e, antes que eu possa me sentar para esperar, um homem chama meu nome. Sigo a voz e vejo quem imagino ser Niles Tanner. Só que já vi esse cara antes.

Nos encontramos no meio do caminho e ele estende a mão para mim.

— Niles Tanner.

Levanto uma sobrancelha, tentando lembrar onde diabos eu conheci esse cara. Eu retribuo o gesto.

— Sawyer Rhodes. Já nos encontramos antes?

Ele não responde à minha pergunta. Em vez disso, vira e recua seus passos.

— Me siga. Conversaremos no meu escritório.

Estou na cidade há apenas algumas semanas. Já vi tantos malditos rostos que não consigo identificar onde. Eu definitivamente o encontrei em algum lugar, no entanto. Não seria na Glasson, já que são rivais. O hotel? Ele costuma ficar lá?

Ele dá a volta em sua grande mesa, que é praticamente do tamanho da janela atrás, desabotoa o paletó e se senta.

Eu faço o mesmo, sentando na cadeira em frente a ele.

— Que bom que você pôde vir hoje, Sawyer. Como mencionei ao telefone, tenho uma oferta que você seria louco de recusar.

— Você não respondeu à minha pergunta. A gente se conhece?

O canto de seu lábio se ergue em um sorriso egoísta e isso me enerva. Quem é esse cara e o que diabos ele quer?

— Temos uma vaga aqui para um novo diretor de marketing, e o cargo é seu, se quiser.

Eu afundo de volta no meu assento, observando-o atentamente.

— Qual é a pegadinha?

Ele faz uma careta.

— E o que faz você pensar que há uma pegadinha?

— É?

— Fiz minha pesquisa sobre você, Sawyer. Sei que foi contratado recentemente pela Glasson Waters. É um viúvo de Cincinnati. Os pais têm uma pequena empresa. Você era o vice-presidente até cortar relações com eles e fugir para Santa Monica. Também sei que frequenta o Tito's com uma grande amiga minha.

O que há com esse cara? Ele evitou minha pergunta, mais uma vez, e agora está colocando a história da minha vida na mesa.

Frequento o Tito's com uma amiga dele? É isso. Eu o vi no Tito's com Mia.

— Você está falando sobre Mia?

Ele abre a pasta e tira uma foto, dá uma boa olhada nela e a entrega para mim. Observando-o, pego o papel e finalmente olho para ele. É Mia.

— Por que você tem isso?
— Parece que nos conhecemos, senhor Rhodes.
— Olha, eu realmente não sou fã de rodeios. Vá direto ao ponto e me diga o que quer.

Ele pega o papel da minha mão e o coloca de volta na pasta, em seguida, fecha.

— Tudo bem então. Vou direto ao ponto. Glasson Waters é um dos nossos maiores rivais. Eles têm um novo produto lançado neste outono que deve trazer bilhões. Eu quero saber o que é. Quero todos os detalhes desse lançamento. Em troca, você consegue um novo emprego ganhando seis dígitos por ano.

Cuspo uma risada sarcástica.

— Quer que eu bisbilhote a empresa e volte para contar o que eu encontrar? Sem chance.

— Você está começando lá agora, Sawyer. Se a Tanner Enterprises puder lançar o produto primeiro, teremos vantagem. Não haverá necessidade de fusão de nossas companhias, pois assumiremos o lugar deles como a maior empresa de bebidas em valor de mercado.

— Acha que eu dou a mínima para isso? Pensei que estava aqui a trabalho. Nunca trairia Mia assim. — Empurro a cadeira para trás e me levanto.

Niles segue o exemplo e se levanta.

— E se eu dissesse que o trabalho vem com um bônus de assinatura de cem mil?

— Esqueça. — Eu vou me afastar, mas seus passos pesados me alcançam.

— Mia não é quem diz ser, Sawyer. Ela é uma fraude.

— Besteira. — Não acredito em nada que esse idiota fala. Ele só quer informações sobre Glasson.

— Não acha estranho que ela esteja no escritório do CEO todos os dias? Quero dizer, quem faz isso?

É meio estranho, mas presumi que ele permitiu a entrada dela, já que ela é a assistente temporária.

— E daí?

Vou agarrar a maçaneta, mas ele continua falando. Estou em parte curioso para saber o que ele vai dizer a seguir.

— Já ouviu falar de Mira Glasson?
— A filha do senhor Glasson?

— Sabia que ele lutou a vida inteira para manter a identidade dela em segredo, porque sua família é muito preciosa para ele?

— Todo mundo que ouviu falar da família sabe disso. Mas ninguém realmente se importa em cavar, porque ela é apenas mais uma garota com um passado sórdido.

— Ela é uma destruidora de lares. Puro e simples. Quer dizer, olha o que ela fez com o próprio irmão. Dormiu com seu melhor amigo casado. Sem contar o vídeo inteiro. A garota é uma bagunça.

— Podemos concordar com isso. Não sou fã da família Glasson, mas isso não significa que estou disposto a vazar informações sobre seus negócios por um contracheque.

— A menos que você planeje juntar moedinhas toda semana antes do dia do pagamento, ou correr de volta para casa para seus pais, você precisa deste trabalho. Não encontrará nada melhor. Na verdade, vou fazer o bônus de assinatura de duzentos mil, e você recebe assim que tiver todas as informações de que preciso. Então, pode sair da Glasson e se juntar a nós, a melhor empresa de bebidas. — Niles volta para sua mesa, pega a pasta e volta para o meu lado.

Porra. Eu realmente esperava que esta fosse uma oferta de trabalho legítima. Eu estava muito empolgado. Mas eu escolho Mia. Não tenho ideia do que ele está fazendo com essa garota Mira, mas Mia não é como ela. Ela é real, leal e tem respeito por seu corpo.

— Eu vou ter que passar, senhor Tanner. Tenha um bom-dia. — Abro a porta e saio, mas *ainda* o ouço falar.

— Mia. Mira. Mia. Mira — repete, uma e outra vez.

Giro no meu calcanhar.

— O que você está fazendo?

Ele puxa uma pilha de papéis da pasta e os entrega para mim. É um artigo sobre Mira Glasson, sobre o caso e um print do vídeo, mostrando seu traseiro.

— Por que diabos você está me dando isso?

— Ela é sua amiga, não é? Não quer saber o que ela anda aprontando? — Ele se inclina para a frente com um sorriso ameaçador e bate nos papéis. — Essa é a sua Mia. Também conhecida como Mira Glasson.

— Besteira — cuspo, batendo os papéis em seu peito.

— Por que eu inventaria isso?

Por que ele inventaria? Ele é um trapaceiro do caralho. Quer que eu faça o seu lance. É por isso.

NOVATO IMPLACÁVEL

Desta vez, eu me viro e continuo andando.
Ele grita atrás de mim:
— Pense nisso. Ligue quando estiver pronto para fazer um acordo.
Meus passos são pesados e bato meu dedo no botão do elevador.
Ele está mentindo. Só quer que eu aceite sua oferta e, ao fazê-lo, está tentando me colocar contra Mia, contra todos eles.

CAPÍTULO QUINZE

MIRA

Já se passaram três dias desde que tive notícias de Sawyer. Liguei para ele inúmeras vezes, bati na porta do hotel. Depois que paguei uma boa quantia, a recepcionista pôde confirmar que ele ainda estava lá. Ele não apareceu para trabalhar na sexta-feira e já é segunda. Não posso imaginar que ele perderia outro dia. Passei de preocupada, para chateada e voltei para preocupada.

Estou andando na frente de seu cubículo, esperando que ele apareça, olhando repetidamente para o meu relógio de pulso.

— Sawyer — suspiro, quando o vejo caminhar pelo espaço entre os cubículos. — Graças a Deus. Tenho estado doente de preocupação.

— Oi. — Ele cai na cadeira em sua mesa com apenas uma simples palavra pairando entre nós.

— Oi? Isso é tudo que você tem a dizer? Tenho tentado entrar em contato com você.

— Podemos falar depois? Estou atrasado no trabalho e tenho muito o que fazer. — Ele nem olha para mim. Só vai direto para o trabalho.

Algo está definitivamente errado. Sawyer nunca foi tão frio comigo. Bem, não desde o primeiro dia. Mas ficamos próximos. Muito próximos para ele estar me tratando como se eu fosse a moça da limpeza que veio aqui para varrer sob seus pés.

— Hum, ok. Podemos almoçar?

— Claro — diz ele, à queima-roupa, digitando em seu teclado.

Fico lá por um minuto, esperando para ver se ele me dá atenção. Quando não o faz, meus ombros caem e eu vou embora.

A pausa do almoço de Sawyer começou há cinco minutos. Sinto-me um pouco obsessiva, considerando que observei o tique-taque do relógio na última hora. Recuso-me a ir atrás dele. Não sou assim e, por mais que goste desse cara, não vou recorrer à perseguição. Não. Não vou fazer isso.

Mais cinco minutos se passam. Ainda nenhum sinal de Sawyer.

Ok, eu gosto muito desse cara. Tenho que descobrir o que está acontecendo. Ele se recusa a vir até mim, então vou até ele. Minhas pernas caem da mesa onde estavam e sigo para o elevador. Desde que Sawyer e eu fomos pegos no escritório do meu pai, eu o tranquei de volta e tenho utilizado o espaço de sua assistente para terminar meu novo projeto para Layla. Depois de hoje, devo estar pronta para apresentar e enfrentar minha rejeição final.

As portas do elevador se abrem e vou entrar, mas acabo dando dois passos para trás.

— Sawyer. Oi.

— Indo para algum lugar? — ele brinca, passando por mim e descendo o curto trecho até a mesa em que estou trabalhando.

— Eu estava indo te encontrar. Achei que talvez você tivesse esquecido. — Sigo atrás dele como um cachorrinho e odeio o que ele fez comigo. Esses sentimentos dentro de mim, esse desejo de estar perto, de tocá-lo. Nunca coloquei todas as minhas cartas nas mãos de uma pessoa antes, mas sinto que ele está segurando todas.

Sawyer para na minha mesa e finalmente se vira para me encarar. Seus olhos queimam nos meus. Eles são diferentes. Pires escuros cheios de raiva. Se isso não fosse uma indicação suficiente de que ele estava chateado, seus punhos cerrados ao seu lado são.

— Sawyer — digo, avançando para ele, correndo as mãos ao longo de seus braços. Desdobro seus dedos e pego suas mãos nas minhas. — O que diabos aconteceu?

— Acabei de receber más notícias alguns dias atrás. Não se preocupe com isso. — Ele se inclina para frente e seus lábios pressionam os meus. Não é nada como os beijos que compartilhamos no passado. Não há paixão por trás disso. Parece forçado e vazio.

— Isso é sobre a oferta de emprego que você recebeu?

Ele solta minhas mãos e olha para a mesa, como se estivesse procurando por algo.

— Não é importante. Ei — chama, com uma mudança de tom —, que tal almoçarmos no escritório do chefe? Você sabe, pelos velhos tempos, antes que ele volte.

— Não sei. Lance ficou muito chateado quando nos pegou lá.

— É, mas ele vai superar isso. Tenho certeza que não vai ficar bravo com você por muito tempo. Quero dizer, quem poderia ficar com raiva de alguém com um corpo como este. — Ele desliza seu peito contra o meu e me puxa para perto. Sua mão segura minha bunda e ele olha para mim com aquelas mesmas órbitas escuras. — Aposto que só está com ciúmes. Queria que fosse ele se esfregando debaixo dessa bela bunda.

Que nojo. Se ele soubesse que Lance era meu irmão. Apenas o pensamento me deixa enjoada.

— Tudo bem. Eu acho. Devemos ir até o refeitório para pegar alguma coisa?

— Eu realmente não estou a fim de uma multidão. Você se importaria de ir? Comerei o que você estiver comendo. Ele enfia a mão no bolso de trás e tira a carteira; em seguida, me entrega uma nota de cinquenta.

— É por minha conta. Não se preocupe com isso. — Ele não discute. Apenas enfia o dinheiro de volta na carteira e no bolso. — Não vou demorar. Você pode apenas sentar na mesa aqui e esperar por mim.

— Realmente não deveria arriscar. Vou esperar no escritório de Glasson. Você mesma disse, o que os olhos não veem, o coração não sente.

Eu disse isso. O dia em que Sawyer apareceu aqui e me surpreendeu.

— Ok. Deixe-me destrancar. Se alguém, qualquer um mesmo, vier, esconda-se. Nós dois seremos demitidos se isso acontecer de novo.

— É o nosso segredinho.

Sawyer para atrás de mim na porta, seus lábios provocando meu pescoço, enviando calafrios pelos meus braços. Usando o teclado na porta, digito a senha de entrada.

Quando toca, empurro a porta e o deixo entrar.

— Já volto.

— Não se apresse, querida.

NOVATO IMPLACÁVEL

CAPÍTULO DEZESSEIS

SAWYER

Ela é implacável. Estou começando a pensar que ela teria deixado essa mentira durar para sempre. Ela realmente acha que a verdade nunca será revelada? Fico enojado por ter permitido que ela chegasse tão perto. Não durmo há três dias. Expus meu coração, mas apenas por ela. Aquela mulher o arrancou e pisou nele, me fazendo lembrar porque fodo e vou embora. Melhor do que ser arrastado para um relacionamento tóxico — ou se apaixonar loucamente e perder tudo uma noite em um acidente estranho.

Acordei ontem e tomei uma decisão. Preciso do emprego na Tanner Enterprises. Também adoraria ferrar com essa família que acha que o mundo deveria se curvar a eles.

Quando as portas do elevador se fecham, começo a procurar e ajo rápido. Abrindo gavetas. Algumas estão bloqueadas, outras não. As bloqueadas provavelmente estão onde eu preciso estar. Há um armário do outro lado da sala, então vou e abro a porta. Só o armário é maior que um quarto. Dezenas de ternos e sapatos revestem as paredes. Mas nada que me ajude.

Foda-se. Este escritório é minha única chance. Não há nenhuma maneira no inferno de eu ter acesso a qualquer outro neste prédio.

Cinco minutos se passam e eu não tenho nada. Preciso destrancar essas gavetas. Pensando que talvez a assistente tenha um molho de chaves, o que é altamente improvável, vou até a mesa dela fora do escritório e vasculho.

Percebo imediatamente a pasta sobre a mesa. Olho para os elevadores no corredor, certificando-me de que ninguém está subindo, então abro. Esta é a pasta de Mia... Mira. Deve ser nisso que ela tem trabalhado todo esse tempo que está aqui. Tenho certeza de que ela não estava realmente substituindo a assistente que está de férias; aposto que isso também era mentira.

São desenhos. Designs realmente bons, brilhantes e escandalosos, exatamente como pensei que beneficiariam o novo produto. Há também um plano de marketing, incluindo as ideias que compartilhei com ela na semana passada, fora do escritório de Layla Ames. Ela roubou a porra das minhas ideias. Ideias que lhe dei de bom grado — ela não as pediu, mas, independente disso, eram minhas.

Folheio as páginas e vejo o produto. Um energético totalmente natural. Mira deve fazer parte do novo lançamento. Deslizo a pasta. Isso é exatamente o que preciso levar para Niles para receber meu bônus de inscrição. Vou conseguir o emprego de diretor de marketing e deixar tudo isso para trás.

Culpa atinge meu peito. Empurro para o lado. Mira fez isso. Ela nos levou por esse caminho e me deixou para encontrar uma direção por conta própria. É natural que eu fizesse o mesmo com ela. Olho por olho, certo?

Nunca fui do tipo vingativo, mas sou um sobrevivente. Tenho que fazer isso pelo meu futuro. Do contrário, não tenho escolha a não ser voltar para casa e trabalhar para meus pais. Pais que me disseram para simplesmente superar quando Taylor morreu.

Eu tenho que fazer isso. Pego a pasta e sigo para os elevadores, saindo antes que ela volte.

Caí fora. Apenas levantei e saí do prédio. Saí com a pasta na mão e nunca disse uma palavra ao meu supervisor ou a Mia... quero dizer, Mira. Não tenho certeza se algum dia vou me acostumar com isso. Não que eu precise. Nunca vou vê-la novamente.

Em vez de ir para a Tanner Enterprises, volto para o hotel. Largo a pasta na cama e me deito ao lado dela, olhando para o teto, meu telefone vibrando repetidamente no bolso.

Fiz a curva e passei direto pelo prédio da Tanner Enterprises. Algo não me deixava parar lá. Não que eu não planeje fazer isso. Só preciso de um pouco de tempo.

Uma hora se passa e me levanto. Tiro o telefone do bolso e o jogo na cama ao lado da pasta, sem me preocupar em percorrer a lista de mensagens e chamadas perdidas.

Nas últimas duas semanas, me senti mais vivo do que desde que Taylor morreu. Estava ansioso para ir trabalhar, só pela possibilidade de ver Mira. Sentava-me no bar algumas noites, esperando que ela entrasse. Seu cheiro está gravado em meu travesseiro. A calcinha dela ainda está na minha gaveta.

Há pratos na pia com a mancha de batom dela. Isso dói pra caralho. Muito mais do que eu esperava depois de conhecê-la por tão pouco tempo. Mas, ela soprou vida em mim. Então sugou todo o ar dos meus pulmões e me deixou sem fôlego e quebrado.

Eu poderia ter me apaixonado por aquela garota. Nós poderíamos ter tido tudo. Não tenho certeza se algum dia poderei confiar, muito menos amar, de novo.

Afastando minhas mágoas, paro de sentir pena de mim mesmo. Tenho que levar isso para Niles, e tenho que fazer isso agora.

CAPÍTULO DEZESSETE

MIRA

— Seu filho da puta — grito, passando pela porta do escritório de Niles. — Eu sei que foi você. Tudo de ruim que acontece comigo é por sua causa. — Caminho direto para ele, inclino meu punho para trás e planto direto em seu nariz. O sangue escorre em sua camisa toda branca de botões. Balanço a mão, em seguida, esfrego-o em sua camisa, livrando minha pele de seu sangue contaminado.

— Que diabos! — Ele bufa, tapando o nariz.

— Minha pasta que estava na mesa do lado de fora do escritório do meu pai. Eu sei que foi você. E assim que conseguir a filmagem de segurança, vou apresentar queixa por invasão de propriedade e roubo. Você não tem permissão para entrar naquela propriedade e sabe disso, porra.

— Você poderia se acalmar. Não tenho a menor ideia do que você está falando.

— Não se faça de bobo comigo. — Meus punhos cerram ao meu lado e estou pronta para liberar novamente se ele não parar de mentir para mim. Vou amarrá-lo a uma cadeira e torturá-lo para arrancar a verdade.

Estou com tanta raiva que as lágrimas começam a cair pelo meu rosto. Normalmente, eu a esconderia. Não demonstro minhas emoções, mas isso é diferente. Niles foi longe demais desta vez.

— Vá assistir a sua filmagem e você verá que perdeu a cabeça *novamente*. Assim como da última vez.

— Não se atreva! — Eu posso sentir o tique na minha mandíbula, o calor subindo para minha cabeça. — Não se atreva a trazer meu passado à tona. Se eu enlouqueci, foi por sua causa.

Niles caminha para trás de sua mesa e pega um lenço, levando-o ao nariz e falando.

— Ah, você quer dizer quando invadiu a casa daquela mulher, que te encontrou dentro do próprio quarto quando estava dormindo.

— Eu estava tentando falar com ela e era a única maneira de fazê-la ouvir.

— Que tal quando você a encurralou com seu carro, batendo no para-choque dela e se recusando a deixá-la sair, enquanto gritava com ela por vender o vídeo?
— Bater o carro dela foi um acidente.
Niles vem em minha direção, mas dou um passo para trás. Ele ocupa aquele espaço rapidamente, agarrando-me pelo braço e puxando meu corpo junto ao dele.
— E quem te livrou dessa confusão, Mira?
Não o brindo com uma resposta. Sim, ele a pagou para que ela não prestasse queixa. Concordamos com uma ordem de restrição e não a vi desde então.
— Eu fiz — ele responde à sua própria pergunta. — Você pode me chamar de vilão, mas nós dois sabemos que sou seu cavaleiro de armadura brilhante.
Tento empurrar meu braço para longe, mas seu aperto só aumenta.
— Você é a porra do diabo.
— E você logo será minha esposa.
Cuspe voa da minha boca direto para o rosto dele.
— Te odeio.
— Um dia você vai me amar.
Faço outra tentativa de fugir, mas não funciona. Se tento revidar, ele luta com mais força. É assim que Niles trabalha. Ele não fica nessa de empurra e puxa; ele só puxa.
— Me deixe ir! — grito.
Ele tira o pano do rosto, que cai aos nossos pés. Em um movimento rápido, me puxa mais apertado, pressionando seu rosto no meu. Aperto os lábios com força, não deixando que ele toque os dele nos meus. Posso sentir o sangue em seu rosto manchando o meu.
— Eu nunca vou te deixar. Na verdade, comprei uma coisa para você. — Ele se afasta e me arrasta ao seu lado até sua mesa. Com a mão livre, abre uma gaveta e tira uma caixinha preta. Ele me entrega, mas eu apenas olho para aquilo com puro ódio, da mesma forma que olho para ele. — Vá em frente, abra.
Quando não o faço, ele assume a responsabilidade. Vira a tampa e me mostra o anel de diamante. São pelo menos quatro quilates em um círculo de ouro branco. Um tratamento de canal seria mais atraente do que usar aquela coisa.
Niles agarra minha mão, apertando-a firmemente na dele, que desliza a pulseira. Balanço meus braços e tento revidar, sem sucesso.

— Se você não me deixar ir agora, vou gritar a plenos pulmões.

— Grite, raio de sol. Esta sala é a prova de som. Você pode gritar o quanto quiser. Na verdade, uma vez que estivermos casados, prefiro que o faça quando estiver debruçada sobre esta escrivaninha. Sei que agora você está contaminada por outros homens, mas posso aprender a aceitar isso.

— Você é nojento. — O telefone de Niles toca em sua mesa e ele o leva ao ouvido, ainda me segurando.

— Obrigado. Mande-o entrar.

— Quem? —pergunto, curiosa para saber por que ele deixou alguém ver o que está fazendo comigo agora.

Niles pega outro lenço e enxuga o rosto, deixando para trás uma mancha de sangue, mas tirando a maior parte.

— Eu gostaria que você conhecesse um amigo meu.

Há uma batida na porta que chama minha atenção.

— Entre — Niles grita.

A porta se abre e meu coração para. Afunda lenta, dolorosa e profundamente.

— Sawyer? — digo, em dúvida. *Por que ele está aqui?*

Então vejo a pasta em suas mãos. Minha pasta.

— Você. — Minha cabeça balança em descrença. — Foi você.

A expressão dele não combina com a que vi na Glasson. Parece triste. Ele não está nem um pouco surpreso em me ver, o que me diz tudo o que preciso saber. Não consigo evitar as lágrimas que escorrem pelo meu rosto. Eu vou embora, planejando levar a pasta ao sair, mas Niles me impede.

— Eu fico com isso. — Ele estende a mão para Sawyer, que nem hesita em entregá-la. Niles se inclina para frente, tocando minha orelha com a boca. — Agora você não tem escolha a não ser se casar comigo. A menos que queira que todo o lançamento seja divulgado em todos os noticiários, você vai se casar comigo. Em uma semana.

Uma semana?

Sawyer fez isso. Está trabalhando para Niles. Ele sabia esse tempo todo?

Isso não pode estar acontecendo.

Tenho que sair daqui.

Sem sequer olhar para Sawyer, saio de cabeça baixa, tentando esconder a dor visível em meus olhos.

NOVATO IMPLACÁVEL

CAPÍTULO DEZOITO

SAWYER

— Vejo que finalmente caiu em si? Então o que é? Uma bebida alcoólica? Uma água gaseificada? — Ele abre a pasta antes que seus olhos voltem para mim. — O que diabos é isso? — Niles a ergue.

— É o seu contrato. Você pode pegá-lo e enfiar no cu.

Niles irrompe em uma gargalhada ameaçadora.

— Percebe que acabou de jogar fora um quarto de milhão por aquela vagabunda?

Basta uma palavra para que a raiva me consuma. Com passos pesados, acabo com o espaço entre nós. Agarrando Niles pela gola de sua camisa de mauricinho, puxo para cima. Ele nem mesmo reage, apenas olha para mim com um sorriso de merda e percebo que ele não vale o meu tempo.

— Vá para o inferno. — Empurro-o para trás e ele voa até a mesa, derrubando sua placa de identificação e alguns papéis.

Dou-lhe as costas e ele grita atrás de mim:

— Ela vai te arrastar para baixo, cara. Poderia muito bem me deixar ficar com ela. Eu posso domá-la. Sou o único que pode.

Foda-se.

Eu me viro, investindo contra ele até que suas costas estejam apoiadas na mesa. Inclino meu braço para trás e descarrego, meus dedos encontrando as manchas de sangue em seu nariz. Sangue fresco escorre por seu rosto, mas não fico por perto para ver se está quebrado, porque as chances são de que, se eu ficar, todos os ossos de seu rosto vão se quebrar.

Estou arrumando meu quarto de hotel quando há uma batida na porta. Na ponta dos pés, dou uma espiada pelo olho mágico, ficando o mais quieto que posso até ter certeza de que não é Mira. Abro a porta e cumprimento minha irmã com uma carranca.

— Eu disse para você não vir.

— Isso é jeito de cumprimentar sua irmã mais velha? — Ela me puxa para um abraço. Envolvo os braços em torno dela, deixando algum espaço, e dou um tapinha em suas costas.

— Idiota — brinca, me empurrando.

— Sinto muito, mas eu disse a você que vou embora daqui amanhã de manhã.

Ela se joga na cama desfeita, ficando confortável.

— Ah, é? Para onde você está indo desta vez? Não pode ir muito mais longe, a menos que saia do país.

Continuo enfiando roupas na mala. Nem as dobro. Apenas levo direto da secadora do hotel para a mala.

— Não me tente.

Rina pega uma das minhas camisas e começa a dobrá-la.

— Kentucky não era longe o suficiente, então você foi para o Texas. O Texas não funcionou, então você veio para a Califórnia. Quando você vai parar de fugir, Sawyer?

Olho para a intrusa irritante na minha cama.

— Não estou fugindo. — Enfio mais algumas camisas, mas Rina puxa todas de volta. — O que você está fazendo?

— Dobrando suas camisas. Eles ficarão cobertas de rugas.

Jogo o que está na minha mão para baixo e me viro, passando os dedos pelo cabelo. *Eu não estou fugindo.*

— Você não pode se esconder das memórias, Sawyer.

— Não estou me escondendo.

— Já faz mais de dois anos. Você não acha...

— Para! — Levanto minha voz, erguendo a mão. — Não preciso disso agora. Minha saída deste estado não tem nada a ver com Taylor. As coisas simplesmente não deram certo aqui.

— Você conseguiu um emprego. Parecia feliz quando conversamos alguns dias atrás. Você realmente riu, o que me surpreendeu muito.

— Sim — murmuro —, me surpreendeu muito também. — Já faz um tempo desde que realmente me senti feliz. Não sou totalmente deprimido, mas senti que minha vida estava em ruínas e não fazia ideia do que viria a seguir. Cinco dias atrás, tive o melhor dia da minha vida desde que Taylor morreu. Estava animado para onde quer que essa coisa com Mira estivesse indo. Tinha uma perspectiva de emprego muito boa. Estava no topo do mundo. Quatro dias atrás, tudo foi arrancado de mim. Tão rápido quanto a vida de Taylor.

Em um minuto você sente que todas as peças do quebra-cabeça se encaixam e, no próximo, percebe que falta uma. Então percebe que nunca ficará completo. Aí, é hora de recomeçar.

— Quem era ela?

Vou até o minibar e me sirvo de uma bebida.

— Quem?

— A mulher que te fez feliz por um curto período de tempo.

Levo o copo à boca e tomo um gole do meu uísque, em seguida, agarro-o na mão.

— O que te faz pensar que havia uma mulher?

Posso sentir Rina se aproximando. Ela fica ao meu lado, querendo ler meu rosto. É o que sempre faz. Eu demonstro minhas emoções e ela sabe disso.

— Eu te conheço a vida toda. Sei dessas coisas.

— Não importa. Ela não é quem eu pensei que fosse.

— Meu palpite é que você também não é quem ela pensou que você fosse.

Coloco meu copo na mesa, ou melhor, bato-o na mesa.

— O que diabos isso quer dizer?

— Só estou dizendo que você mudou, Sawyer. Sinto falta do meu irmão. Aquele que tinha um sorriso contagiante. Contava piadas horríveis de tiozão e bufava enquanto ele contava. O cara que usava suéteres de Natal feios com luzes piscando.

— Eu ainda sou aquele cara. Estou apenas... estou em uma jornada de autodescoberta.

— Bem, você já acabou? Porque estamos todos prontos para você voltar para casa.

— Estamos? Tipo você e outra pessoa? — Levanto o copo e o inclino para trás, tomando até a última gota antes de colocá-lo na pia. Bate em os outros copos com um ruído metálico, mas tenho certeza de que ainda estão intactos.

— A mãe e o pai também sentem sua falta.

Volto para minha mala. Todas as camisas agora estão dobradas dentro dela, então fecho o zíper.

— Duvido. Tenho certeza de que eles estão satisfeitos por não terem mais que lidar com o meu *desânimo*.

— Alguém já disse que você é teimoso?

— Sim — eu rio —, você.

— Quando eles disseram que era hora de seguir em frente, você perdeu o controle, Sawyer. Tirou do contexto e jogou tudo para o alto. Você sabe que eles te amam. Todos nós amamos.

Olhando para a minha mala, aperto as laterais com tanta força que os nós dos meus dedos ficam brancos. Odeio falar sobre essa merda. Eu conheço Rina, porém, e ela não vai parar até que eu diga como me sinto.

— Foi apenas seis meses após a morte de Taylor que eles me disseram que eu precisava me recompor e começar a viver minha vida novamente. Que eu precisava superar o que aconteceu. Sabe como foi isso? Parecia que eles estavam me dizendo para superar e esquecê-la. — Minha voz se eleva a cada palavra. — Como eu deveria seguir em frente depois de apenas seis meses? Saber que minha esposa estava morta por minha causa. Se eu não a tivesse apressado porta afora para não nos atrasarmos para o jantar, ela ainda estaria viva. Se eu tivesse diminuído a velocidade e parado naquele sinal, Taylor ainda estaria aqui.

Rina não diz nada. Ela não precisa. A coisa é: eu aceitei que Taylor se foi. Cheguei a um acordo com o fato de que ela nunca mais vai voltar. Também sei que ela gostaria que eu fosse feliz. Sempre soube disso, mas só recentemente acreditei que era digno dessa felicidade. Nada disso é sobre Taylor. Sempre a amarei, mas a traição que sinto é por causa de Mira.

Afrouxo meu aperto na mala e endireito as costas antes de me virar para encarar Rina.

— Olha. Nada disso importa. Ainda vou para casa nas férias. Eventualmente, vou falar com minha mãe e meu pai e vamos superar isso. No momento, porém, estou apenas em busca de paz.

— Ok. — Rina acena com a cabeça. — Entendo. Fico feliz que sua raiva com eles esteja diminuindo. Mas ainda não entendo por que você está saindo daqui.

Há uma batida que fez Rina e eu olharmos para a porta.

— Apenas ignore — digo a ela.

— Isso é tão rude! — Ela caminha em direção à porta, mas eu pulo na sua frente. Com minha irmã atrás de mim, olho pelo olho mágico. *É Mira.*

Eu me viro e sussurro:

— Ouça. Realmente não quero falar com a pessoa que está lá fora. Então, deixe para lá e não atenda a porta.

Rina é um grande pé no saco e está decidida a meter o nariz nos meus negócios. Sempre foi assim, desde que éramos crianças.

— Beleza. Vá ao banheiro e direi a ela que você não está aqui.

Eu ouso confiar nela? Provavelmente não deveria, mas confio. Com um suspiro pesado, ando rapidamente para o banheiro. Empurro a porta para fechá-la, mas a deixo entreaberta para que eu possa ouvir.

Ouço o som da porta se abrindo contra o carpete. Meu estômago dá um nó porque isso pode acontecer de várias maneiras. Rina é a Rainha da Interferência.

— Ai, me desculpe. Eu não sabia... eu vou embora.

O som de sua voz envia uma onda de emoção através de mim. Parte de mim quer sair correndo e exigir respostas. A outra parte — a parte racional — está me mantendo exatamente onde estou.

— Espere — ouço Rina dizer.

Há silêncio. Muito silêncio. Quando ouço a porta fechar suavemente, olho pela fresta da porta. Com certeza, eles saíram no corredor.

Droga, Rina.

Fecho a porta do banheiro com estrondo e imagino que posso usar esse tempo para tomar banho, porque minha irmã também tem a capacidade de transformar uma conversa de um minuto em uma história de uma hora.

Giro a alavanca para quente e deixo a água correr por um momento antes de tirar meu short de ginástica e a camisa. O espelho está completamente embaçado, então diminuo um pouco o calor antes de entrar.

A água morna cai descuidadamente pelo meu corpo dolorido. Tenho corrido muito nos últimos dias e meus ossos estão sentindo isso. Fiz dez quilômetros na praia ontem. Deixo meus pensamentos correrem livremente. Pensei em Taylor e em como é hora de seguir em frente — como está tudo bem seguir em frente. Pensei em Mira e em como nossos corpos se encaixavam perfeitamente. E pensei na minha família e como, no fundo, sentia muita falta de falar com eles. Foi também durante essa corrida que percebi que Santa Monica provavelmente não é o melhor lugar para mim. Rina diz que eu fujo de tudo, e ela está certa. Não gosto de lembretes de coisas que me trazem dor. Quando alguém deseja um novo começo, precisa deixar esses lembretes para trás.

É uma loucura como, depois de apenas algumas semanas, desenvolvi sentimentos tão fortes por Mira. Estava magneticamente atraído por ela. Apenas estar perto dela me deu sentimentos que perdi.

Pego uma barra de sabão e passo por cada centímetro do meu corpo, depois uso a mão para ensaboá-lo e lavá-lo. Uma vez que meu cabelo está limpo e estou imerso em um vapor tão espesso que mal posso ver a cortina do chuveiro, fecho a água e saio.

Batendo a mão na parede, encontro uma toalha e puxo-a, em seguida, envolvo-a em mim.

— Rina — sussurro.

Quando ela não responde, só posso supor que ainda está falando com Mira. Neste ponto, ela provavelmente está recebendo o resumo completo de tudo o que aconteceu.

Abro a porta novamente com meus dedos, apertando o canto da toalha em volta da cintura.

— Rina, você está aqui?

Nada.

Arrastando-me para o quarto, vasculho minha bolsa em busca de algumas roupas limpas. Estou com elas nas mãos e volto para o banheiro, quando a porta se abre. Olhando para mim há um par de olhos que não são da minha irmã. Congelo no lugar, o olhar de Mira indo das minhas pernas para cima, finalmente encontrando meus olhos.

— Vejo que minha irmã desistiu de mim.

Mira olha para seus pés com um sorriso nervoso.

— Parece que sim.

Já passei por tantos cenários diferentes do que diria se visse Mira novamente. Cada um terminava comigo decidindo que nunca mais a veria. Agora que ela está aqui, estou desenhando um espaço em branco.

Ela olha para mim, tristeza cobrindo seus olhos esmeralda.

— Apenas cinco minutos? Por favor?

Meus olhos se fecham e eu aceno.

— Ok. Deixe-me vestir isso.

Entro no banheiro e fecho a porta. Minhas roupas caem no chão, a toalha cobrindo-as. Pressiono as palmas das mãos na bancada e respiro fundo. Porra. Ela é tão bonita. Nunca fui bom em resistir à tentação e aquela garota lá fora é o que há de melhor na tentação.

Eu vou lá e ouço o que ela tem a dizer por si mesma. Mereço respostas. Assim que as tiver, podemos continuar com as nossas vidas. Vou sair de Santa Mônica e ela pode ficar aqui onde está sua família. Ela pode continuar vivendo sua vida como Mira Glasson.

NOVATO IMPLACÁVEL

Puxo minha cueca para cima, então um par de shorts de ginástica limpos e coloco uma camiseta branca lisa. Meus dedos passam pelo cabelo e fico satisfeito. O espelho ainda está embaçado, então nem consigo ver meu reflexo.

Quando saio, Mira ainda está parada na porta com ela entreaberta.

— Você pode entrar — aviso.

Vou até a pia do minibar e abro a torneira enquanto ela se senta no sofá.

— Primeiro, quero dizer que sinto muito. — Sua voz é frágil e cheia de remorso.

Ouvindo-a falar, começo a lavar a louça. Não era meu plano, mas preciso fazer algo para manter minhas mãos ocupadas agora. Realmente não quero olhar para ela também. Há uma boa chance de eu cair em seu feitiço se fizer isso.

— Depois de nossa noite juntos, tentei sair sem te acordar. Eu realmente não esperava te ver de novo, então, quando você perguntou meu nome, apenas alimentei você com uma mentira. Era para ser inofensivo.

Os copos batem juntos enquanto esfrego e os coloco um em cima do outro. Continuo lavando, recusando-me a me virar.

— Quando você apareceu no escritório do meu pai, fiquei completamente surpresa. Se eu soubesse que você estaria trabalhando lá, eu nunca teria...

Suas palavras somem, então me viro e respondo por ela.

— Nunca teria dormido comigo?

— Nunca teria mentido. — Os olhos de Mira olham além de mim para a água corrente. — Você não deveria desligar isso?

Alcançando atrás de mim, toco na maçaneta para desligar a água.

— Assim que você me viu de novo, poderia ter contado a verdade.

— Eu queria, mas então você começou a falar toda essa besteira sobre minha família... sobre mim.

Meu coração dói. Eu fiz isso. Minhas mãos sobem para o meu rosto e esfrego agressivamente os olhos. Eu disse um monte de coisas horríveis.

— Quando eu disse essas coisas, acreditava nelas.

— E agora?

Deixo cair minhas mãos e a encaro.

— Não sei. Quero dizer que não acredito em nada disso, mas você mentiu para mim várias vezes.

Há um momento tenso de silêncio entre nós. Até que eu o quebre.

— Dois anos atrás, perdi minha esposa. — Engulo em seco, o nó subindo na minha garganta, meu orgulho. — Ultrapassei um sinal vermelho e fomos atingidos. Foi tudo minha culpa. O nome dela é Taylor. Ela tinha o maior coração e o sorriso mais brilhante. — Eu me pego sorrindo para a imagem dela na minha cabeça.

— Sawyer, eu... eu não sei o que dizer.

— Não precisa dizer nada. Achei que talvez isso te ajudasse a entender que nunca quis me apaixonar por você. Tentei pra caramba não me apaixonar, mas não consegui. Agora parece que a guerra na minha cabeça foi em vão.

Mira se levanta e dá passos lentos em minha direção.

— Se eu pudesse voltar atrás de tudo, eu o faria. Mentir para você foi o maior erro que já cometi.

Ela se aproxima e estou me esforçando ao máximo para erguer minhas paredes de volta, para que ela não consiga passar, porém, quanto mais perto ela chega, mais elas descem. Seu perfume permanece ao meu redor, me intoxicando. Sua beleza me cega.

Uma vez que está bem na minha frente, ela me oferece sua mão.

— Sou Mira Glasson. Cometi muitos erros no passado. Fui o centro de um escândalo sexual, um caso, e tive meu nome jogado na lama. Também já fui vítima de mentiras nas redes sociais. Não sou uma destruidor de lares. Não me comporto como uma criança mimada... não muito. E tenho a melhor família do mundo inteiro. Um pai que me ama mais do que a própria vida, um irmão que me protege, mesmo quando erro com ele, e estou pronta para mostrar ao mundo quem eu realmente sou. Mas, primeiro, quero mostrar a você.

Olho para a mão dela. Colocar a minha ali seria aceitação e perdão. Se eu não fizer isso, ela pode sair daqui para sempre e nunca mais a verei. Afinal, era isso que eu queria. Agora, não tenho tanta certeza.

Antes de tomar uma decisão, preciso de mais algumas respostas.

— Quem é Niles Tanner para você?

Ela puxa a mão para trás e balança a cabeça em desgosto.

— Sendo honesta? — Ela olha para mim com uma expressão taciturna, como se hesitasse em me contar tudo sobre seu passado com a família Tanner.

Eu concordo.

— Sim.

— Niles e eu namoramos anos atrás. Nossas famílias eram próximas e acho que estávamos juntos porque era *esperado* de nós. Eles planejavam fundir as empresas e assumir o controle da indústria de bebidas engarrafadas.

NOVATO IMPLACÁVEL

Uma vez que o vínculo entre nossos pais foi quebrado, tudo foi para o inferno. Eles se tornaram fortes rivais. A empresa do meu pai disparou um ano depois, enquanto a Tanner Enterprises declinou. Niles está empenhado em nos casarmos para que, quando meu pai falecer, ele tenha direito à empresa. Claro, eu nunca me casaria com aquele canalha ou o deixaria chegar perto da companhia. Não significa que ele não tentou.

— Uau. Eu não esperava isso. Só pensei que talvez ele fosse um cara aleatório que estava a fim de você.

— É sua vez. Como você conhece Niles?

Eu respiro fundo, exalando lentamente.

— Bem, recebi uma mensagem de voz de sua assistente sobre um trabalho na noite em que assistimos aos fogos de artifício. Ignorei por alguns dias e recebi outra ligação. A mulher fez parecer atraente, então marquei um encontro com Niles. Cinco minutos depois de estar em seu escritório, ele me ofereceu o emprego da minha vida com um bônus de assinatura. A pegadinha era: trazer para ele qualquer coisa que eu pudesse encontrar sobre a campanha de lançamento de Glasson. Ele também me contou tudo sobre você.

— É por isso que você foi tão frio e distante comigo. Você sabia. — Mira pega minha mão e eu deixo.

— Uhummm — concordo. — Eu estava amargo. Senti-me um tolo. Quando você foi almoçar, encontrei sua pasta. Você sabe o resto.

— Sei que você não levou para ele. Pelo menos, não o conteúdo. Fui ao escritório do meu pai na manhã seguinte e os encontrei na mesa da assistente.

— Por mais zangado que estivesse com você, não queria ajudar aquele cara. Eu também não queria que ele tivesse influência sobre você. Vi o jeito que ele te olhou.

— E agora? Acha que posso te mostrar quem eu realmente sou? Sem segredos, sem mentiras.

Puxo minha mão para trás lentamente, passando meus dedos pelo cabelo e voltando para a pia.

— Não sei.

— É porque você está indo embora?

— Rina te disse?

A presença de Mira se aproxima. Seu peito nivelado com minhas costas enquanto ela envolve um braço em mim. Com um puxão, ela me vira para encará-la.

— Por favor, não vá. — Uma respiração audível me escapa enquanto observo seus lábios se moverem. — Eu estava errada. Errada em mentir para você. Errada por te julgar. Naquele primeiro dia no escritório do meu pai, imaginei que você era apenas um novato implacável na Glasson. Durante todo esse tempo, eu era exatamente isso, mesmo que nunca tenha sido realmente uma assistente. Não pensei sobre como tudo aconteceria naquele momento. Só queria te provar que não era todas essas coisas que você disse sobre mim. Então, comecei a gostar de você. Bastante.

Ou ela é muito boa com as palavras ou está realmente arrependida. Olhando para o seu rosto, a tristeza em seus olhos, acho que é a última opção. Tenho duas escolhas: posso fugir e começar de novo. Ou posso ficar aqui e explorar isso.

— Vou precisar arrumar outro emprego. Tenho certeza de que fui demitido depois de não aparecer por dois dias.

Os lábios de Mira se curvam em um sorriso, o que, por sua vez, me faz sorrir de volta.

— Você ainda quer o emprego? Acontece que conheço alguém na empresa que pode te ajudar.

Eu quero beijá-la pra caralho. Tudo parece tão apressado. Tão cedo. Dez minutos atrás, eu a xingava. Um pedido de desculpas e seu lindo sorriso, e aqui estou eu, caindo aos pés dela.

— Que tal se levarmos as coisas devagar? — Estendo a mão para ela. — Sawyer Rhodes. Não tenho emprego, não tenho casa e sou novo na cidade.

Mira coloca sua mão na minha.

— Prazer em conhecê-lo, Sawyer. Ficarei feliz em lhe mostrar o lugar.

— Ah, que se dane. — Solto sua mão e passo um braço em volta de sua cintura, puxando seu corpo contra o meu. — Nos conhecemos assim. Vamos fazer de novo. — Minhas mãos deslizam pelo seu corpo violão até alcançar seu rosto. Segurando suas bochechas nas mãos, pressiono a boca na dela. Não é nada como o nosso primeiro beijo. Este exubera paixão. Posso sentir em cada célula do meu corpo. Meus dentes roçam seu lábio inferior e ela solta um gemido abafado.

Caminhando com ela para trás, deito-a de costas na cama. Suas pernas se abrem, convidando-me entre elas.

— Senti sua falta. Senti falta disso. — Pressiono o pau contra ela.

— Hmm — ela cantarola —, também senti sua falta.

Uma das muitas coisas que eu gosto nessa garota é o acesso fácil nesses

NOVATO IMPLACÁVEL

vestidos fofos pra caralho. Corro os dedos pela parte interna de sua coxa. Seu corpo reage à sensação e ela arqueia as costas para fora da cama.

— Por favor, nunca pare de usar esses vestidos.

— Vou usá-los apenas para você — murmura em minha boca.

Pressiono nossos lábios juntos novamente, separando-os com a língua e deslizando-a para que eu possa saboreá-la. Meus dedos continuam subindo até alcançar sua calcinha umedecida. Empurro-a para o lado e deslizo um dedo para dentro dela. Começando com um movimento lento para dentro e para fora, cavo mais fundo até que meus dedos estejam em sua entrada, então deslizo outro dedo para dentro. Empurro e torço como uma chave em um buraco. Mais rápido, mais forte e mais profundo a cada estocada. Suas costas levitam para fora da cama quando curvo meus dedos e bombeio em seu ponto G.

— Argh — geme, forçando nossos lábios a se juntarem com tanta força que posso sentir seus dentes cravando na pele da minha boca. É uma dor linda que eu quero mais. Continuo bombeando meus dedos, suas pernas abrindo o máximo que podem.

— Sawyer — ela diz meu nome com luxúria e desejo. — Ai, Deus. — Ela começa a cavalgar meus dedos que estão enterrados profundamente.

Levanto a cabeça, observando seu rosto. Seus olhos estão fechados, sua boca aberta. Seus quadris sobem e ela morde o lábio. Ela é sexy pra caralho. Tenho certeza de que nunca vou ficar entediado de ver seu rosto enquanto ela tem um orgasmo embaixo de mim.

Suas paredes se fecham em torno de meus dedos antes que ela grite, sem se importar em mascarar os sons que escapam dela. Sua umidade se derrama na minha mão. Amo ver a prova de como a fiz se sentir bem.

Assim que ela desce, puxo meus dedos e fico de joelhos. Estou pronto para dobrá-la e fodê-la como se não houvesse amanhã. Mira desliza até uma posição sentada e fica de joelhos na minha frente. Assim que vou abaixar meu short, ela assume o controle, agarrando-o e puxando-o para mim. Eu os tiro e puxo minha camisa sobre a cabeça.

— Deixe-me pegar uma camisinha — aviso.

Ela balança a cabeça, negando.

— Você não vai precisar de uma. — Dedos quentes envolvem meu eixo, seus olhos perfurando os meus. — Deite-se.

Meus olhos se arregalam de surpresa. Estou muito apaixonado por esse lado dominador dela. Faço o que ela manda e a assisto puxar o vestido pela cabeça. Em seguida, ela abre o sutiã e se livra dele. Meu pau se contrai ao ver seus seios empinados. Agarrando-a pela cintura, eu a puxo para perto o suficiente para que eu possa chupar seu mamilo duro.

Com o braço esticado para baixo, ela continua a acariciar o comprimento do meu pau. Tiro seu mamilo da boca.

— Isso é tão bom, linda.

Ela sorri, algo sexy e diabólico, antes de rastejar pelo meu corpo. De quatro, ela arqueia as costas e empurra a bunda no ar e eu daria qualquer coisa para ter a visão por trás dela. Mas, quando sua língua sai e ela passa debaixo da minha cabeça, decido que nada pode me fazer levantar agora.

Agarro um punhado de seu cabelo e ela abre os lábios, levando a parte rasa do meu pau em sua boca. Sua cabeça balança para cima e para baixo, e guio seus movimentos.

— Foda-se, minha linda.

Olhos inocentes me encaram. Olhos verdes, grandes e cheios de luxúria. Aquela expressão em seu rosto faz minhas bolas doerem com uma necessidade extrema de liberação. Sua língua desliza para cima e para baixo ao lado do meu pau e ondulações de prazer percorrem meu corpo.

— Continue assim e não vou durar muito.

Seus dedos envolvem a metade inferior do meu pau e ela acaricia enquanto chupa. A cada poucos segundos, sua língua estala contra minha cabeça e atinge um nervo que me faz contorcer.

— Quer que te avise quando estiver perto? — Agarro seu cabelo com mais força e aperto, porque, porra, estou muito perto.

Ela balança a cabeça, negando, e isso é tudo o que preciso para me soltar no fundo de sua garganta.

— Puta merda — murmuro. Disparos de eletricidade passam por mim no meu caminho de volta. Mira passa a mão na boca e sorri. Movendo-me para cima, eu a agarro pela cintura e a puxo para cima de mim. — Isso foi incrível.

Uma batida na porta nos congela no lugar.

— Merda — sussurro.

— Sawyer — diz Rina, batendo mais algumas vezes. — Voltei. Vocês dois terminaram de conversar?

Mira e eu olhamos um para o outro e ambas caímos na gargalhada, antes de pularmos da cama e nos limparmos.

CAPÍTULO DEZENOVE

MIRA

— Você consegue, minha linda — Sawyer diz, se inclinando sobre a cama e pressionando um beijo casto na minha bochecha.

— É fácil para você dizer. Você nunca apresentou algo para Layla Ames e foi rejeitado antes.

Sawyer enfia a camisa para dentro e se olha no espelho, certificando-se de que está em ótima forma para seu segundo primeiro dia na Glasson.

— Ela seria louca se recusasse. Suas ideias valem ouro.

— Você quer dizer, *suas* ideias?

Ele se senta na beirada da cama e calça os sapatos sociais pretos.

— Nossas ideias.

Fecho a pasta na minha frente onde estou sentada com as pernas dobradas como um pretzel.

— Eu realmente gostaria que você deixasse meu pai lhe dar o cargo de gerente. Então, você pode trabalhar de perto e pessoalmente no lançamento.

— Eu sei, mas já disse, não quero favores especiais só porque estou transando com a filha do patrão.

Meus braços o envolvem por trás e o puxo para mim com uma risada.

— Transar com a filha do patrão? — Bufo, sarcástica. — Isso é tudo?

Sawyer se vira e pressiona suas mãos em cada lado de mim, pairando sobre meu rosto.

— Ah, é muito mais do que isso. — Seus doces lábios encontram os meus; gostaria de poder apenas deitar na cama e beijá-lo o dia todo.

— É melhor irmos — diz Sawyer, endireitando-se e saindo de cima de mim.

Solto um pouco de ar e concordo com a cabeça.

— Você tem razão. Não queremos nos atrasar.

Minhas pernas voam para o lado da cama e me levanto. Depois de puxar um pouco a ponta do vestido, pego minha pasta.

Pronta ou não...

Saywer segura minha cintura. Seus dedos apertando meus quadris e ele cantarola na dobra do meu pescoço.

— Esta noite, estamos comemorando sua vitória.

Minha cabeça torce para o lado.

— Você está sendo um pouco presunçoso, não acha?

— Não. — Ele afasta meu cabelo e beija minha clavícula. — Apenas confiante.

— Bem, se você continuar assim, não teremos motivos para comemorar, porque nunca sairemos deste quarto.

A cabeça de Sawyer cai em derrota.

— Tudo bem, vamos fazer isso. — Então ele se anima, bate na minha bunda e a aperta.

Guio o caminho para fora do quarto. Se eu deixar isso para ele, nunca vamos sair. Essa tem sido nossa rotina matinal desde que a irmã dele, Rina, partiu na semana passada. Ela ficou por algumas noites e a conheci melhor. Ela é uma doçura e posso dizer que ama muito o irmão. Rina também conseguiu convencer Sawyer a ligar para seus pais. Eles ficaram em êxtase ao ouvi-lo e estou feliz por ele engolir o orgulho e dar aquele passo. Estamos planejando uma viagem de fim de semana para visitá-los em breve e dizer que estou nervosa é um eufemismo. Estou grata que as coisas estejam melhorando para nós dois.

Enquanto Sawyer trabalha, passo meus dias desenhando roupas de banho na esperança de lançar minha própria marca. Estou oscilando no limite da ideia e ainda não mergulhei nela, mas tem sido divertido imaginar. Expus a ideia ao meu pai, que me ofereceu seu apoio, se for isso que eu desejo seguir.

Agora, porém, preciso terminar o que comecei. Não importa o resultado, saberei que dei tudo de mim. Se Layla adorar, trabalharei no lançamento ao lado dela pelos próximos seis meses. Se ela não o fizer, continuarei atrás de meus sonhos em outro lugar.

Minhas axilas estão suando loucamente enquanto espero que Layla saia de seu escritório para me cumprimentar. Estendendo os braços, tento fazer algum fluxo de ar se mover lá embaixo, mas não adianta muito. Estou mais nervosa hoje do que da primeira vez. Acho que é porque sei que esta será minha apresentação final. Trabalhar com a Layla seria um sonho, sem falar na satisfação de saber que ajudei a empresa.

Suponho que tirar os Tanner de nossas costas também ajudou. Mas isso foi mais obra de Lance do que minha. Aparentemente, a Tanner Enterprises faliu. Eles estavam desesperados e dispostos a fazer qualquer coisa para evitar perder tudo, mesmo que isso significasse tirar de nós. Uma ordem de restrição está em vigor e Lance comprou seu silêncio sobre qualquer coisa relacionada à minha família. Não importa, porém, quando o lançamento for anunciado, pretendo ficar ao lado do meu pai e mostrar com orgulho ao mundo exatamente quem eu sou.

— Bom dia, Mira — Layla cumprimenta, tirando-me do transe em que estava. Nem a vi sair.

Fico de pé e me atrapalho com a pasta na mão.

— Oi. É bom te ver de novo.

— Você também — diz Layla. Ela está linda como sempre em um elegante vestido vermelho com sapatos da mesma cor. Seu cabelo está preso em um coque perfeito no topo da cabeça.

Enquanto caminhamos para o escritório dela, continuo falando — uma das minhas peculiaridades quando estou nervosa.

— Então, ouvi o que você disse e pensei muito sobre como podemos destacar a H20 Vitality. Acho que criei um plano que fará exatamente isso.

Layla sorri amplamente.

— Mal posso esperar para ouvir o que você inventou.

Entramos em seu escritório e ela fecha a porta atrás de nós. Faço o meu caminho para o mesmo lugar que peguei da última vez. Só que desta vez não vou usar o projetor. Tudo que eu preciso está impresso nos papéis que coloquei na frente de Layla.

— Como você pode ver, meu design é bastante semelhante ao que compartilhei com você algumas semanas atrás. No entanto, desta vez, adicionei algo. Em vez das cores neutras da Glasson, optei por algo que dá ao Vitality o entusiasmo de que precisa. Roxo e turquesa. O V de Vitalidade seria centralizado na frente da garrafa. Sob cada tampa, haveria uma citação inspiradora aleatória. Tais como, "sem esforço, não há recompensa".

O H20 Vitality incentivará comportamentos saudáveis, como exercícios e corridas. Um corpo ativo permanece ativo. — Os olhos de Layla se animam e isso faz meu coração disparar. *Ela está curtindo.*

Seus dedos batem no papel e ela sorri.

— Amo essas cores. São ousadas, brilhantes e divertidas. Exatamente o que precisamos.

— O H20 Vitality também se destacará de nossos concorrentes com sua garrafa biodegradável. É claro que os preços provavelmente aumentarão com essa opção, mas Glasson precisa seguir a campanha "Planeta Saudável, Você Saudável".

— Sim! Discutimos essa opção para o futuro e faz sentido que agora seja o momento perfeito para começar.

— Também falei com o fundador da campanha e eles expressaram interesse em ter a Vitality Water participando. Seríamos um dos maiores patrocinadores do triatlo anual deles, bem como de muitos outros eventos que organizam.

— Mira, isso é incrível! Estou dentro. De tudo isso. Na verdade, assim que analisarmos a logística com a os organizadores da campanha, adoraria que você fizesse parceria no lançamento como nosso contato interno.

— Sério? — Uma sensação de satisfação escorre sobre mim. Ela está animada. Ela está realmente animada!

— Absolutamente. — Layla empilha os papéis de novo. — Vou repassar isso pela equipe e acredito fortemente que vão adorar tanto quanto eu. Não posso dizer oficialmente, mas seja bem-vinda a bordo.

— Uau — cuspo, chocada, mas também insegura. — Isso é uma honra. Há apenas uma pequena coisa. — Aperto os dedos e os olhos.

— Claro. Vamos ouvir.

— Adoraria ajudar no lançamento, trabalhar com a campanha, mas não acho que assumirei um cargo permanente na Glasson. Pelo menos não em tempo integral.

— Ah, não? — Ela parece surpresa. Claro, sim. Já vim aqui duas vezes com minhas ideias e, agora que ela aprovou, digo a ela que afinal não quero trabalhar na equipe de design.

— Enquanto fazia esses designs, meio que fiz uma jornada de autodescoberta. Sempre adorei moda e, misturada com arte, faz todo o sentido para mim abrir a minha própria linha. Então, estou pronta para tomar as medidas necessárias para que isso aconteça.

— Isso é maravilhoso, Mira. Não tenho dúvidas de que você fará algo incrível. Seu pai elogia sua arte. Estou animada para ver onde este empreendimento te leva. Na verdade — ela pega o telefone da mesa —, tenho uma boa amiga que trabalha com moda. Ela ajudou outras pessoas a colocar suas próprias linhas em funcionamento. — Layla pega uma caneta e seu bloco de notas e anota um número, em seguida, rasga a página. — Ligue para ela e diga que eu mandei você.

Pego o papel enquanto ela o passa para mim.

— Isso é muito útil. Muito obrigada.

— De nada, querida. Quanto ao lançamento e design, vamos mantê-la enquanto você ficar. Deixe-me passar isso para todos e entrarei em contato nos próximos dias.

Eu me transformo em uma poça de gosma a seus pés enquanto ela me puxa para um abraço.

— E Mira, estamos todos torcendo por seu pai. Ele é único e todos nós o adoramos.

— Com certeza ele é. Obrigada. Isso significa muito.

Layla me leva para fora e estou nas nuvens. Mas o que me faz voar é Sawyer parado ao lado dos elevadores. Sua perna está apoiada na parede atrás dele, os olhos no telefone. Ele nem me vê chegando e, observando-o agora, tenho quase certeza de que é o homem mais sexy que existe. Só quero agarrá-lo e arrastá-lo de volta para seu quarto de hotel e mantê-lo lá por no mínimo 72 horas. Deitados na cama, bebendo vinho, conversando e, claro, explorando cada centímetro de seu corpo.

Sawyer olha para cima de seu telefone, os olhos se iluminando assim que me vê. Só o jeito que me olha me faz sentir muito querida e bonita. Ele enfia o telefone no bolso da frente.

— E aí?

Aperto o botão do elevador, esperando para entrar antes de contar tudo a ele. Uma vez que as portas se abrem, agarro seu braço e mostro o caminho. As portas se fecham e eu grito.

— Ela adorou. Ela me quer a bordo. Quer tudo. Sawyer, ela realmente adorou!

Suas mãos envolvem minha cintura, os dedos balançando sobre minha bunda.

— Por que você está tão surpresa? Suas ideias foram brilhantes.

— Acho que estava com aquela primeira rejeição gravada na minha cabeça e queria me preparar mentalmente para a próxima. — O elevador para no segundo andar onde Sawyer tem que voltar ao trabalho. Saímos e o acompanho até seu cubículo. Sawyer conseguiu seu emprego de volta. Foi-lhe oferecido um cargo superior, mas ele não quis aceitá-lo. Disse que quer merecer. Então, é isso que ele está fazendo. — Ah, e olha só. Contei a Layla sobre minha linha de roupas de banho e ela me deu o número de uma amiga dela que trabalha na indústria da moda.

— Isso é ótimo, querida. Estou animado para te ver planejar isso e crescer.

Puxo Sawyer para um abraço antes de virarmos a esquina para uma sala cheia de pessoas trabalhando.

— Estou animada para crescermos juntos. Só coisas boas pela frente.

— Enquanto tiver você ao meu lado, estarei pronto para enfrentar o que vier. — Sawyer pressiona os lábios nos meus. — Eu te amo, Mira Glasson. Amo tudo em você.

Meu coração incha com suas palavras.

— Também te amo, Sawyer.

Nós sorrimos através do nosso beijo, e quero viver neste momento para sempre. Eu poderia estar em uma sala cheia de pessoas e Sawyer é o único que eu veria. Ele é minha pessoa favorita e estou muito animada com a vida que vamos construir juntos.

EPÍLOGO

SAWYER

Seis meses depois...

Sentado na sala de reuniões lotada, sinto-me muito orgulhoso da garota parada na minha frente. Bem, não diretamente na minha frente. Mira está no palco, pronta para aceitar o reconhecimento por sua participação no lançamento de Vitality Water. Ela está excepcionalmente sexy em seu traje de negócios. Uma saia-lápis carvão que abraça seus quadris e bunda tão bem, e uma blusa de seda branca de manga comprida que deixa pouco para a imaginação enquanto a linha do sutiã espreita através do tecido. Assim que esta festa acabar, eu a levarei para casa, tirarei suas roupas e beijarei cada centímetro de sua pele sedosa.

O senhor Glasson continua agradecendo a todos os envolvidos na criação e lançamento do Vitality. Sua voz é rouca, muitas vezes demorando-se para limpar a garganta ao se sentar em uma cadeira ao lado do pódio com um microfone preso ao terno. Sua saúde continua piorando, mas ele deixou claro para sua família que quer aproveitar ao máximo e continuar como se fosse viver para sempre. Ele recebeu quatro meses há cerca de um mês, mas insiste que sobreviverá a esse período.

— Quero dedicar um momento para reconhecer alguém que tinha um plano e nunca desistiu. — O senhor Glasson olha por cima do ombro para Mira. — Minha filha linda e muito talentosa, Mira Glasson.

Esta é a primeira vez que Mira é reconhecida publicamente. O olhar em seu rosto diz tudo; ela está orgulhosa. Orgulho de ser uma Glasson. Como deveria ser. Eu não poderia estar mais errado sobre esta família. Já jantei tanto com o senhor quanto com a senhora Glasson. Joguei golfe com Lance inúmeras vezes e estava com todo mundo quando ele e sua esposa anunciaram que estavam esperando um bebê. Vi o amor que toda essa família tem um pelo outro. Eles nunca se esconderam por causa de segredos; estavam se protegendo.

— Mira teve uma visão para o H20 Vitality. Ela pegou essa visão e criou um design que vendeu mais de um milhão de garrafas no dia do lançamento. Fez parceria com a campanha "Planeta Saldável, Você Saldável" e, esta noite, veremos em primeira mão o que Mira planejou para Glasson Waters e esta incrível campanha. Sem mais delongas, apresento a vocês, minha filha, Mira Glasson.

Todos começam a bater palmas. Solto um assobio agudo quando ela sobe ao palco.

— Obrigada, pai. E muito obrigada a todos por estarem aqui. Sinto-me honrada em fazer parte de uma empresa tão centrada no cliente. Nós nos esforçamos para trazer produtos de qualidade a um preço acessível e, com a Vitality, fizemos exatamente isso. "Planeta Saldável, Você Saldável" iniciou sua primeira campanha há três anos. Duas mulheres com uma visão. Hoje, unimos forças para oferecer todos um programa totalmente novo, que se concentra na sua saúde e na saúde do nosso planeta. — Mira continua falando, mas tudo em que consigo me concentrar é na maneira como seus lábios se movem a cada palavra. Ela é tão elegante e sofisticada.

Mira termina com um pequeno vídeo sobre a nova campanha e Layla pede licença a todos com um convite para jantar imediatamente a seguir. Meus nervos atingiram o ponto mais alto de todos os tempos quando saímos da sala de reunião. O plano é encontrar Mira em nossa mesa reservada, mas há algo que preciso fazer primeiro.

Espero no fundo da sala e, assim que vejo o senhor Glasson, me aproximo dele com as palmas das mãos umedecidas por gotas de suor.

— Sawyer, é bom ver você — afirma, estendendo a mão.

Retribuo o gesto e dou-lhe um aperto firme.

— Bom ver você também, senhor.

— Ah, por favor. Me chame de Floyd. Já passamos dessa história de "senhor" e "senhor Glasson".

Eu rio nervosamente.

— Na verdade, estou feliz em ouvi-lo dizer isso. Porque na verdade há algo que eu gostaria de falar com você.

— Sou todo ouvidos. Vamos conversar.

Aceno com a mão, apontando para uma mesa próxima e vazia, sabendo que é difícil para ele ficar de pé por muito tempo. Uma vez que nós dois estamos sentados, fico sério.

— Sei que você tem um monte de gente para conversar, então serei breve. Alguns meses atrás, perguntei a Mira o que ela queria mais do que tudo neste mundo.

Floyd fica confortável em seu assento e cruza os braços à sua frente. Mira é tudo para ele, então sei que está curioso para ouvir o que ela disse.

— A resposta dela foi: "que meu pai me leve até o altar". Sei que é recente, mas entendo com todo o meu coração que quero ser o homem parado na frente do altar, esperando por ela, quando você o fizer. Estou apaixonado pela sua filha, senhor Glasson. E adoraria nada mais do que pedir a mão dela em casamento, com sua aprovação, é claro. — Não tenho certeza se algum dia me sentirei confortável em me referir a ele como Floyd. Esfrego as palmas das mãos nas pernas da calça, esperando por uma resposta.

Ele começa a bater com o dedo indicador no queixo, me observando. Como se estivesse lendo para que tipo de homem está entregando sua filha.

— O negócio sobre minha Mira é o seguinte: ela é teimosa como um boi. Tem a boca de um marinheiro. E está sempre com o coração exposto. Ela lhe dará problemas, sem dúvida. Mas também sei que te ama muito. A maneira como os olhos dela se iluminam quando você entra em uma sala. O conforto e a facilidade que testemunhei entre vocês dois, junto com a amizade. É disso que os casamentos são feitos. É o que tenho com minha esposa e o que desejo para meus dois filhos. Então, sim, você tem minha bênção, e vou me certificar de que estou aqui para levá-la até o altar.

— Obrigado. Prometo, vou cuidar bem dela.

— É melhor. Porque você conheceu meu filho, e ele não vai se contentar com nada menos. — Ele ri, batendo a mão no meu braço.

— Ah, sim. Estou ciente de Lance e sua proteção sobre sua irmã. Um homem de poucas palavras, mas algumas são tudo que você precisa. — Recentemente, comecei um novo cargo na Glasson, trabalhando ao lado de Lance como analista júnior. Era uma posição que conquistei e fiquei feliz em aceitar, já que não foi dado a mim como um favor.

— Não tenho ideia de onde ele consegue sua assertividade — brinca Glasson. — Agora, vamos pegar um pouco de comida. Ouvi dizer que comprei filé mignon para todo mundo.

— Quanto falta? — Mira pergunta, enquanto a conduzo pela areia da praia. Seus olhos estão vendados e sua confiança repousa apenas em mim para levá-la ao local com segurança. Como não estamos mais hospedados no hotel, dirigimos e estacionei dois quilômetros adiante na estrada. Ela não consegue ver desde que a coloquei no carro. Mira e eu compramos uma casa fora da cidade, no subúrbio. Tem três quartos, estilo rancho, mas temos um quintal de bom tamanho e é o lugar perfeito para começarmos uma família antes de precisarmos de algo um pouco maior.

— Quase lá — asseguro-lhe.

— Ok. Sinto areia em meus sapatos, então sei que estamos na praia. Mas, que parte e por quê? — Ela está jogando o jogo de adivinhação desde que saímos. Tenho certeza de que sabe o que está por vir, mas ainda assim farei de tudo para que seja um momento especial.

— E pare. — Fico atrás dela, endireitando seu corpo para que fique de frente.

Há um lençol branco estendido na areia. Pétalas de rosas vermelhas espalhadas por cima. E uma cesta com vinho e algumas bolachas e queijo. Desamarro sua venda e ela grita.

— Ai, meu Deus, Sawyer. Isso é lindo. — Ela se vira e se joga em meus braços. — Você é tão romântico.

— Mira Glasson — digo, me apoiando em um joelho. — No momento em que te vi pela primeira vez, soube que tinha que levá-la para o meu quarto de hotel. Na manhã em que você saiu, olhei em seus olhos e, naquele momento, nunca quis que fosse embora. As semanas seguintes foram uma batalha difícil para nós dois. — Lágrimas surgem nos cantos dos meus olhos enquanto as dela fazem o mesmo. — Eu não tinha certeza se amaria de novo, mas você me mostrou que eu poderia. Quero passar o resto da vida te amando e cuidando de você. Mira — puxo a caixa do meu bolso de trás e abro —, quer se casar comigo?

Suas mãos tapam a boca, lágrimas de felicidade escorrendo por seu rosto.

— Sim! Claro que vou me casar com você. — Ela se inclina na cintura e segura meu rosto nas mãos, pressionando a boca na minha.

— Eu não tinha terminado — digo, entre beijos.

— Ah. — Suas costas se endireitam e ela se levanta.

— Quer se casar comigo... em duas semanas?

— O quê? — Ela engasga. — Você está falando sério?

— Muito sério. Não há como te negar a coisa que você deseja mais do que tudo.

— O meu pai? — ela engasga. Lágrimas caindo descuidadamente por suas bochechas beijadas pelo sol. Eu concordo. E ela faz o mesmo. — Sim! Eu me casarei com você a qualquer dia, a qualquer hora.

Fico de pé e a agarro, a puxando para mim. Assim que nos beijamos, fogos de artifício explodem atrás de nós, sobre o oceano. Um *grand finale* só para nós.

Este não é o final, porém, é apenas o começo de nossa bela vida juntos como senhor e senhora Sawyer Rhodes.

Fim.

SOBRE A AUTORA

Rachel Leigh é autora *best-seller* do USA Today de romances *new adult* e contemporâneos. Você pode esperar suspense, reviravoltas e um "felizes para sempre".

Rachel vive de leggings, usa emojis demais e sobrevive de livros e café. Escrever é sua paixão. Seu objetivo é levar os leitores a uma aventura com suas palavras, mostrando-lhes que, mesmo nos dias mais sombrios, o amor vence tudo.

A The Gift Box é uma editora brasileira, com publicações de autores nacionais e estrangeiros, que surgiu no mercado em janeiro de 2018. Nossos livros estão sempre entre os mais vendidos da Amazon e já receberam diversos destaques em blogs literários e na própria Amazon.

Somos uma empresa jovem, cheia de energia e paixão pela literatura de romance e queremos incentivar cada vez mais a leitura e o crescimento de nossos autores e parceiros.

Acompanhe a The Gift Box nas redes sociais para ficar por dentro de todas as novidades.

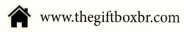 www.thegiftboxbr.com

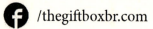 /thegiftboxbr.com

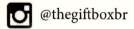 @thegiftboxbr

 @GiftBoxEditora